超伝奇小説《スーパー》
マン・サーチャー・シリーズ⑧

菊地《きくち》秀行《ひでゆき》

魔界都市《まかいとし》ブルース 孤影《こえい》の章《しょう》

NON NOVEL

祥伝社

宝界遍布ベントス加漂の英
菌地表示

目次

カバー&本文イラスト・末弥　純
装幀・かとう　みつひこ

ハイエナの夜

1

午後八時。

歌舞伎町《かぶきちょう》の賑《にぎ》わいが本格的にはじまる時間だ。サラリーマン、OLたちが夕食を終え、欲望とその解禁用アルコールを喉《のど》から胃へと流し込みはじめる。

機械から幻覚剤、無害な妖物まで駆使した各種マッサージ、セックス・ゲーム、個室プレイなどのネオン・サインと呼び込み——大通りでのその激烈さはいうまでもないが、これが薄暗い、迷路じみた路地へ入ると、状況はさして変わらないまま、表通りとはひと味違う淫靡《いんび》さが漂《ただよ》ってくる。

ネオンの数は減り、そのかがやきも、ピンク系のいかがわしさを刷《は》いたものが多くなって、小さな出入口に掲《かか》げられた看板の文字も、店の名前と簡単な職種と値段だけになる。

「マッサージ〝福満《ふくまん》〟一時間〇〇円　特別サービス有り」

〈新宿〉ガイドにも、近づかないようにと釘を刺され、あちこちの電柱に、警察と〈新宿風紀委員会〉の注意書きが貼《は》り出されたこの類《たぐい》の店に入るのは、余程考えの足りない観光客か、常連以外にない。

それほど無鉄砲ではない観光客は、路地の出入口にたむろする怪しげなガイドに依頼して比較的安全な——つまり、人食い妖物や憑依《ひょうい》殺人者、快楽犯罪者のうろつかない——路地を選んで、盗聴ツアーを愉《たの》しむ。

路地へ一歩入り、ガイドの用意した盗聴器を耳に当てるだけで、左右のぼろビルの内部《なか》から洩《も》れる禁断快楽の喘《あえ》ぎが耳に跳び込んでくるのだ。

大概は男女の、あのときの呻《うめ》きや淫《みだ》らな会話だが、時折り、人間に化けた妖物に襲われる瞬間の絶叫や、食らい尽くされる寸前の悲鳴等が混《まじ》って、観光客たちを、彼らの性格に応じてあわてさせも、喜ばせもする。

観光客たちがMDレコーダーを手にしているのは勿論《もちろん》だ。

そして、今夜、路地の一本で、もしもその出自を事前に心得ていたら、どんな犠牲を払っても、録音したに違いない呻きが、とあるビルの一室から洩れていた。

「あああああ……あああああ」

正しくは快楽の喘ぎではなく、苦鳴というほうがふさわしいのだが、なに、発信人の名前を言えば、〈区民〉なら、そして、〈魔界都市〉のことに多少は詳しい観光客ならば、男女を問わず、財布とカードを取り出すに違いない。

「あああああ」

と呻きつづける客の右腕を、さらに限界までひねってから、白衣姿の老婦人は、そっと力を抜いた。

「ひい」

安堵《あんど》と喜びに飾りたてられたそのひと声と表情の、なんという美しさだろう。ほんの数瞬見つめただけで、玲瓏《れいろう》たる美貌は、まさに朧《おぼ》ろにかすんで見えてくる。見る者がどれほどの美しさか理解できないのだ。

「こ、こってるねえ――あんた、せんべい屋だっていうけど、筋肉も筋《すじ》もがちがちだよ。よっぽど細かく手先を使ってるんだね。そんなせんべい有り?」

「はあ」

と、せつらはベッドの上で、彼らしい返事をした。うつ伏せである。

老婦人は、首すじに指を当て、

「あらあら、こっちも鉄板が入ってるみたい。今のうちに考えないと、年取ってから、寝返りひとつ痛くてできなくなるよ。筋肉も筋も、みいんなつながってるんだからね」

「はあ」

「まあ、ヘルニアも出てないし、内臓も悪くない。このこり方からすれば奇蹟的だね。だからさ、今のうちに商売替えするか、他人《ひと》にまかせて引退してしまいな」

「はあ」

茫洋《ぼうよう》とした反応に、婦人は破顔した。それから、少し表情を曇らせ、言いにくそうに、

「あのさ、引退する前に、ひと稼《かせ》ぎしない？」

「はあ？」

婦人は優しく腰を揉《も》みながら、

「あんた、ガイド・ブックにも名前が載《の》ってるくらい有名人なんだってね。それでさ、店長に頼まれたんだけど、うちの店で、あんたのグッズ販売させてくれないかねえ？」

「グッズ？」

「ほら、ブロマイドとか、キイホルダーとか——観光客の喜びそうなもンあるじゃン」

「じゃン……」

婦人は口もとに手を当てて恥かしそうに、やだ、と言った。

「あのさ、駄目なら、ポスターでもいいんだけどね」

「ポスター？」

せつらは相変わらず、必要最小限の言葉で会話を済ませようとしている。

「そ。ポスター。店の前に貼れば効果覿面《てきめん》だってさ。ブロマイドだって、一枚一〇万でも売れると、〈区役所〉のマザー・コンピュータが保証したそうだよ」

「〈区役所〉？」

一介のマッサージ・パーラーが、どうやって

〈区〉が購入したウルトラ・コンピュータにアクセスできるのか、せつらには永遠の謎である。

「ねえ、どうかねえ？」

　せつらの反応から、どっちとも取れそうだから脈ありとみたらしく、婦人は、いけずと言ってぎゅっとブラック・シャツの上から腰の肉をつねった。

「わあ」

　悲鳴もとぼけている。

「ねえってば、さあ」

「やだ」

　せつらの眉が少し八の字だ。つねられたお返しかも知れない。

「ケチケチしないでよオ。観光客の間にも、あんたの写真、結構出廻ってるそうじゃない。観光客が自分で撮《うつ》したのを焼き増ししたり、ペンダントに加工したのもあるけど、あんたの店でも手を出したって聞いてるよ。うちもいいじゃない」

　せつらの眼は宙を仰いで、記憶を呼び戻している。

〝魔界都市〟と呼ばれる〈新宿〉が、〈区外〉の学者、研究者以上に観光客にとってどれほど魅力的な場所かは言うまでもあるまい。

　二〇〇メートルの〈亀裂〉を渡れば、空想でしかなかった〈魔界〉が現実に存在するのである。

　車と人で溢《あふ》れる大通りに眼をやれば、車の前を数百個の毛玉みたいな生きものが疾走し、自《みずか》らタイヤに踏みつぶされては、油状の体液を撒《ま》き散らして何十台もの玉突き事故を引き起こし、塗装中の映画館の壁面に眼をやれば、短機関銃《SMG》を射ちまくるゴンドラの塗装工と、真紅の大蜘蛛《ぐも》が、アクション映画の看板もかくやの死闘を繰り広げている。

　どれもこれも、この街でしか観られぬ光景だ。シャッター・チャンスが生まれぬはずがない。

妖物や死霊のうろつく廃墟《はいきょ》、幽霊屋敷、犯罪者たちの巣窟《そうくつ》や、生ける死者たちが人間を貪《むさぼ》り食った場所などの写真《スチール》は飛ぶように売れ、それに飽き足らぬ人々は自らデジカメを携《たずさ》えて、惨劇《さんげき》の発生率が多いとガイド・ブックに記された場所へと集合し、ついに〈区〉は、この場所での写真、ビデオ撮影は禁止されています、との規制を設《もう》けるに到った。許可制にして金を取れとの意見も出たが、あまりにもあこぎだという批判が高まり、それは却下された。

これほど絶好の被写体だらけの〈新宿〉にも、意外な穴場があった。

人間である。

あまりに奇々怪々な妖物や怪現象に眼を奪われた観光客やプロのカメラマンたちは、〈新宿警察〉の誇る機動警官にも、承知の上で妖物と合体したモデルの天使のごとき美貌にも眼をくれなかった。気づかなかったのである。気が廻らなかったと言ってもいい。

それが一躍《いちやく》、〈新宿〉に生きる人々に注目が集まったのは、〈区〉公認のガイド・ブックの何版かに、「秋《あき》せんべい店」の主人の、小指の先ほどのイラストが載ってからだったと言っていい。

後の〈区外〉のTV局の調査によって、このイラストを見た全員が――といっても調査された人数だけだが――あまりの美しさに〝眼がつぶれる〟乃至《ないし》、〝飛び出しそうになった〟事実が明らかにされている。

イラストの話である。

ひと目見よう、できれば一枚、と西新宿の小さな店舗には人が殺到した。

主人はいた。

イラストの万倍も美しい若者が。

人々は争ってカメラを向け――はしなかった。

ごくごく少数を除いて、貪欲なカメラマンたちは茫然《ぼうぜん》と立ち尽くすだけだったのである。このときの心理は、四谷《よつや》にある〈新宿心理分析センター〉の後追い調査で、二つの代表的な意見に集約されている。

いわく――「カメラなんかで撮ったら、罰が当たる」

いわく――「夢見てるみたいで、頭が白くなり、シャッターが押せなかった」

一方、撮影を強行した者も、そのほとんどが一度目はカメラを向けられず、必死の思いでオート・シャッターをセットした上、自分では目標を見ることもできずに、勘だけでレンズを向けたため、ピンボケ、画面外のオンパレード、かろうじて、何とか見られる数枚も、自ら現像した撮影者の手で闇に葬《ほうむ》られたという。理由はすべて共通している。見ていられないほど美しかったからだ。

こうなると、ブロマイドやスチールを販売できる人間はひとりしかいない。

せんべい屋の主人《あるじ》本人である。

せつらはあまり乗り気ではなかったが、アルバイトたちが音頭《おんど》を取って、ついに五〇枚ほどのブロマイドと同数のペンダントを製作、「秋せんべい店」の前で売り出すに到った。

五分で完売した。その場でプレミアがつき、「秋せんべい店」の一年分の売り上げを確保、バイトたちには特別ボーナスが出る大騒ぎとなった。

そして、それきりになった。主人を撮った写真が世に出廻らなかったのと同じ理由で、五〇枚のブロマイドと五〇個のペンダントは秘蔵され、やがて死蔵となった。そもそも、五〇枚に五〇個という金儲けのためには異様に少ない数も、写真を手にしたバイトたちが途中で腰砕けになり、せつらが後を仕切ったためと言われている。

ならいっそのこと、中止にすればいいものを、少数ということで販売したのだから、若主人も決して石部金吉《いしべきんきち》ではないという証拠だ。

逆を言えば、せつらがその気になれば、老婦人の願いは叶《かな》うのである。

「でもお」

とせつらはベッドの上で小首を傾《かし》げた。

「やっぱりなあ」

「そこを何とか。ね、お願いだ。息子と娘に晴着の一枚も買ってやりたいじゃあないの。あんたがOKしてくれたら、ボーナスが貰《もら》えんだよ、あたしゃ。もう一年来の仲じゃないのさあ」

人伝《ひとづ》てに、腕のいいマッサージ師をと、この店を紹介されてその年月だった。正直、凄《すご》いとはいえない。それなのに、せつらは月に二回、必ずやって来る。

俗に言う気が合った、という奴だった。

「娘さんと息子さんが？　——初耳だ」

「ありゃ、言わなかったかね。あたしにだって、家族ぐらいいるよ。——ね、お願い。あんただって人の子だろ。母親の気持ち——わかってよ、ね？」

丸まっていた両手を合わせ、柏手《かしわで》まで打たれて拝まれ、そのうち、巫女《みこ》の格好で踊り出すような気もして、せつらはついに、

「考えときます」

と言うしかなかった。

「よっしゃあ——これで手も腰も大丈夫だよ。しっかりお稼ぎ」

ぱんと背中を叩いて老婦人は大笑いした。

その晩のことである。

「秋人捜《DSM》しセンター」の六畳間で、例のごとく、厚焼きをかじりながら、〈新宿TV〉の闇放送を見ていたせつらのもとへ、顔馴《なじ》染みの刑事がひとりで現われ、

「『福満』の中森《なかもり》って女マッサージ師が死んだぞ」

と伝えた。

反射的に、

「OK」

とせつらは答えた。老婦人に告げるつもりの返事であった。

2

中森久代《ひさよ》の死因は癌《がん》であった。メフィスト病院での検死の結果、肺癌が全身に転移したものだとの診断が下された。死亡時刻は、せつらが帰ってすぐの八時四十九分。状況は、次の客が早目に去った後、異常無しのランプが点《つ》かなかったのを見て、ボーイとマネージャーが部屋へと急行し、ベッドのそばにうつ伏せに倒れた久代を発見したという。

「おかしい」

とせつらはつぶやき、刑事も、

「そのとおりだ」

と認めた。

「彼女がそれまでぴんぴんしていたのは、店の者やアパートの住人が証言している。それに四日前、近くの病院で受けた健康診断の結果が家に来ていた。レントゲンとMRIの写真付きでな。内臓には全く異常がない。つまり、それから四日間の内に中森久代は癌になり、五時間ほど前に亡くなったということだ」

「疑ってる?」

せつらは自分を指さした。

「いいや、いくら優秀な人捜し屋でも、他人に即効性の癌細胞を植えつけるノウハウを持っているとは思えない。メフィスト病院の専門家に訊《き》いたところ、〈新宿〉でも、こんな癌細胞を使った例はないそうだ」

「この街は、毎日変化してる。外谷《とや》に当たってみた？」

刑事は露骨に嫌そうな顔をつくった。

〈新宿警察〉では、民間の情報屋とのつき合いを奨《しょう》励《れい》していない。警官の個人裁量にまかせて、とりあえずおめこぼしという態度を取っている。従って、ほぼ全員がつき合いがあり、目方《めかた》も実績もナンバーワンといわれる外谷良子《よしこ》に接触する警官も多いが、このでぶの情報屋は性格的にもでぶであり、仕事はともかく、料金その他の面でトラブルが絶えず、曲《くせ》者《もの》といわれる猛者《もさ》たちも敬遠しがちなのであった。

「——まあ、そういうわけで、一応、事情聴取に伺ったわけだ」

と刑事は言い、次の客について何か知っていることはないか、顔は見なかったか等々と型どおりの質問をし、せつらが、

「全然」

と答えると、納得して帰っていった。せつらの証言の真偽がどうとかではなく、一度口にした以上、梃子《てこ》でも変えないと骨の髄《ずい》まで承知しているからである。

その晩、せつらは、困ったな、と大儀そうに右手を廻してから眠りについた。

男はシャッターを下ろした店の前で車を降り、咥《くわ》え煙草《たばこ》で、にんまりと唇を歪《ゆが》めた。必要以上に嫌味ったらしく見えるのは、もとから唇が曲がっているからであり、貧乏ったらしいのは、煙草がしけもくだったからである。

「チンケな店だが、年収三〇〇〇万だってな。プラス、人捜しの報酬——こっちは幾ら調べてもわからなかった。まあ、いいや」

天然パーマらしい縮れっ毛の頭に軽く被《かぶ》せたカンカン帽——ファンキー・ハットの縁《ふち》をつまんでお気に入りの角度に直すと、男はゆっさゆっさと肩をゆ

すりながら、店の横手へ廻った。

垣根につけた木戸に、「秋人捜し《DSM》センター」の看板を認め、木戸の上から手を入れて閂《かんぬき》を外し、小さな庭に入った。

点々とつづく敷石の先に、狭苦しい戸口がある。

横のベルを押そうとした途端《とたん》、ドアは内側から開いた。

「わっ」

とのけぞったのは男だが、声は彼のだけではなかった。眼の前から美貌を突き出したせつらも、わっと脅かしたからである。

「な、なんだ、おめーは？」

すぐに気を取り直して問い質《ただ》した口には、しけもくが煙を吐いている。大したものだ。

「所長」

とせつらは自分を指さした。コートを脱いだだけの黒ずくめである。

「秋さんか――脅かすなよ。確かに凄《すげ》え色男だな。夜分済まねえ。邪魔してもいーかい？」

「やだ」

せつらはかぶりをふった。

「何でだい？」

「営業時間外」

と美貌が上を見つめた。弦月《げんげつ》がかすんで見えた。

男はほーと唸《うな》った。

「こりゃ本物だ。この世のものとは思えねえ」

「じゃ」

無造作《むぞうさ》に閉じかけたドアが、あと少しというところで止まった。白と茶のコンビの靴先がはさまっている。

「そう冷たくすんなよ」

「いま何時かな？」

男は肘《ひじ》までめくり上げた左手の腕時計へ眼を走らせ、

「午前二時と四分」

「お寝《やす》み」

「あいよ——と言っちゃあ、仕事にならねえんだ。あんたが通っているマッサージ・パーラーで、おばんがひとり亡くなったろ。相当おかしな死に方だって話だ。もうお巡《まわ》りが来ただろ。その辺のとこ、聞かせてくんねえかな」

「どなた？」

　茫洋とした美貌に、ようやく、他者への興味の翳《かげ》が兆《きざ》した。

「おう、こりゃ失礼」

　男はあちこち黒だの赤だのの染《し》みがついた上衣の胸ポケットから、気障《きざ》な手つきで名刺を取り出して渡した。

「沓掛《くつかけ》譲《じょう》一郎《いちろう》？」

「へへえ、〈新宿〉一のトップ屋が、〈新宿〉一の人捜し屋に初見参だ。ハイエナのジョーをひとつよろしく、な」

　せつらは名刺から眼を離して、

「でも、二時だよ」

と言った。

「夜討ち朝駆けはトップ屋のイロハさ。悪いが頼まあ。五分でいいんだ」

　陽灼《ひや》けか酒のせいかわからぬ赤ら顔が、にやりと笑った。奇妙に人懐っこい。

「ほんとに五分？」

「おお。——失礼」

と、せつらの横をすり抜け、三和土《たたき》へ入り込んでしまった。

「ちょっと」

「おお、小ぢんまりした、いいオフィスだなあ。上がらせてもらうよ」

　さっさと靴を脱いで、六畳間の卓袱台《ちゃぶだい》の前へ坐り込んでしまった。

遠慮もへちまもない眼で部屋中をきょろきょろやっているところへ、せつらが戻ってきて、

「帰ったら?」

「そうはいかねえよ。たったの五分だ。時間が勿体《もったい》ねえ。さ、はじめようぜ」

とMDレコーダーを置き、メモ帳とボールペンを取り出して身構えた。帽子は脱いでいる。

「メモもとるの?」

「おお。機械なんざ、いざってとき当てになりゃしねえ。三〇〇枚分の原稿を入れたフロッピーに、よくも消しちまいやがったなと文句言っても、ケロッとしてやがるぜ」

けけけけと笑った。蛙を思わせる声だ。陽気な蛙には違いない。

「で、第一の質問——どうして、おれが来たのがわかった?」

にやにやしながらこちらを見つめる無精髭《ぶしょうひげ》へ、

「関係ないだろ」

とせつらはにべもない。家の周囲に張り巡らせた千分の一ミクロンの糸が、来訪者の速度や足取り、細かな筋肉の動きから、その心理状態まで伝えてくるとは、ハイエナの理解も絶しているはずであった。

「ごもっとも——で、あのマッサージ・パーラーには、何回くらい行ってんだい?」

「月に二回」

「ほう。全身かい?」

「一応」

「効くかい?」

「とっても」

ジョーは眼を閉じてうなずき、中森久代がどんな女だったか、あれこれ問い質した。

メモしたせつらの答えにざっと眼を通し、

「人のいいおばさんだったらしいな」

「そうそう」

「マネージャーや同僚にも好かれてたらしい。面倒見が良かったたし、誰とも分け隔てなくつき合ったそうだ」

「あの人なら、ね」

久代の死が明らかになってから五時間のうちに、かなりの取材を敢行してきたらしい。この場合、感心するか呆れるかだが、せつらの表情からは判別不可能だった。

「で、犯人だが、あんたかい？」

いきなり来た。普通は開いた口がふさがらなくなるが、

「全然」

柳に風の答えが返ってきた。

「ふうん、だとすると次の奴だが——マネージャーによると、身長一六〇前後で、えらく痩《や》せこけた禿《はげ》の爺《じい》さんだったらしいんだ。心当たりはねえかな？」

「ない」

「ふん。そいつが中森久代に即効性の癌細胞を植えつけたとしてだな——その動機は？」

「わからない」

ジョーは、呆《あ》っ気《け》に取られたような眼でせつらを見た。

「知り合いが亡くなったってのに、どーでもいーのか、あんたは？」

おめー呼ばわりがあんたに変わっているのは、取材対象だからだろう。

「どーでもよくないって、どーいうの？」

ジョーは肩をすくめて、

「仇《かたき》を討つ気はないのかい？」

「どうして？」

とんでもない質問に対して、春うららの答えだ。考えようによっては、こっちのほうがとんでもな

い。

「あんた人捜し屋だろ。これだけ面の割れてる犯人なんざ、五分で捜し出せる。やってみちゃどーだい？　経費《かかり》はおれが持つ。代わりにスクープってことにしてくれや。〝〈新宿〉一のマン・サーチャー、一介のマッサージ婦の仇を討つ〟ってよ」

「もう五分過ぎてるよ」

「延長しようぜ」

「ランパブじゃない」

「ほう、行ったことあるのかい？」

眼をかがやかせるジョーへ、

「帰れ」

ようやく、せつらは少し強い口調で、三和土の方を指さした。

翌日は朝から店が混み、バイトの娘たちの右往左往が、午前の部のせんべいを焼いた後、六畳間に引っ込んで、渋茶をすすっているせつらにも伝わってきた。

昨夜、中森久代のもとを訪れたときから七時間足らずの内に起こった出来事も、とっくに忘れ去ったようだ、否《いな》、最初からそんなものなかったような、のほほんとした美貌であった。お茶受けは、大判のざらめと栗まんじゅうである。爺さまの好みだ。

底の方に残った濃緑を呑み干そうと両手で丁寧《ていねい》に湯呑みを上げたとき、店先からのせわしさが、ふっと消滅した。

せつらが店へ出る前に、ざわめきは戻ったが、異変が生じたのは間違いなかった。

バイトの娘が二人とも見えない。

不気味そうな顔つきが、せつらを眼にした途端、恍惚《こうこつ》と溶《と》けた女性客の何人かに声をかけてみると、

「凄《すご》いいい男が入って来て、手招きしたら、二人ともついていっちゃったわよ」

「真っ白いスーツに白いネクタイを締めてたわ。あれはジゴロかひもね」

「三丁目の〝神隠し横丁〟で待ってるからと、あなたに伝えて欲しいって」


一〇分後、せつらはそこにいた。

もとは平凡な住宅地ならどこにでもありそうな、狭くて細い通りである。

飲み屋や大衆食堂、クリーニング屋に煙草屋等が軒を並べている中を歩くと、ひどく閉店が多いのに気がつく。

横丁の端《はし》にその原因と、誘拐犯がせつらを待っていた。

四人の男たちのうち、ひときわ長身の白い美貌の主を、うっとりと見つめていたバイト娘が、彼らの緊張から、やって来たせつらに気づいた途端、相手のプライドを土足で踏みにじるみたいにあっさりと、店長、と叫んで走り出すところを、ダーク・スーツ姿のいかにも暴力向けといった面構《つらがま》えが素早く腰を抱いて引き戻した。

「朝飯は済んだかい？」

と白ずくめが訊いた。確かに、年頃の娘を呪縛するだけの催眠効果は充分に備えた美貌だが、相手が悪い。せつらの前では、泥臭い兄《あん》ちゃんだ。

「何とか」

「おれたちはまだなんだ。だから、手っ取り早く済まそう。今度の件から手を引いて貰《もら》いたい。一〇〇〇万出す。嫌なら、この二人は神隠しに遭《あ》うぜ」

男はふり返って、道の端を見た。

3

別の通りへ抜ける少し前で、その景色が歪《ゆが》んでいる。空間がねじくれているのだ。

これが〝神隠し〟の原因であり、横丁が寂《さび》れたのもこのせいだと知れたのは、ほんの一年前のことである。

この近くから逃げ出そうとするのは〈区外〉の考え方であって、正体がわかってもわからなくても、〈区民〉は対処の方法を見つけ出して生活する。でなくては、〈新宿〉のどこにも住めなどしないからだ。その彼らにしても、この空間の歪みが、人々の精神に忍び込み、何カ月もかけて、ひとりまたひとりと自分の内部へ誘い込む状況を有していようなどとは、考えもしなかった。

幸い住人の半ばが消えたところで気がついたものの、すでに全員が歪みの虜《とりこ》になったのか、その数は減るばかりなのであった。ここは廃滅の街か。

「今度の件て、何？」

せつらが訊《き》いた。当然だ。その答え方が人を食っているものだから、男たちは顔を見合わせ、

「とぼけるな――昨日のマッサージの件だ」

と白ずくめが声を荒らげた。

「はあ？」

「ふざけやがって。おい、ひとりぶち込んでやれ」

「へい」

と昔風に答えて、娘の片方を抱きすくめたスーツ姿が、娘ごとその身体をねじ向けた。

「嫌あ！」

恐怖の叫びと、男の悲鳴と血しぶきが重なった。娘を抱いていた両手が、肩から落ちたのだ。

「野郎！」

残りの二人が拳銃を引き抜き、もうひとりが二人目の娘を歪みの方へ――そのとき、奇怪な事態が生じた。娘が自らそっちへ突っ走ったのだ。

せつらの糸は――男たちの手首と首を斬り離すのに手間取り、一瞬、遅れた。

まるで愛しい者の広げた腕の中へジャンプするよ

うに喜びに満ちて、娘の姿は歪み、すっと見えなくなった。

両腕を斬り落とされた男の首が宙に舞い、逃げようとした白ずくめの両脚が、膝から切断されて、つんのめったのはそのせいか。

「脚が、おれの脚があ」

と泣き叫ぶ白ずくめの声がぴたりと止まった。身じろぎひとつしない。突如、殺気の渦巻いていた横丁に、沈黙が降臨した。

男は首と胸に、今にも引きちぎれそうな激痛を覚えたのである。

ウィンクひとつで二人の娘を誘い出した美貌は、歪曲空間へぶち込めば、丁度よくなりそうなほど、苦痛に歪んでいた。

「僕がその件に首を突っ込んだって、誰に聞いた？」

せつらの問いと同時に痛みが和《やわ》らぎ、男は夢中で、

「――何言ってんだ。あんたがメールを寄越《よこ》したんじゃねえかよ。中森久代から、みんな聞いてるって」

涙でくしゃくしゃの顔を見つめて、せつらは、はあ？　と言った。

「それで？」

「それだけだ。何の要求もねえ。だから却《かえ》ってこっちは疑心暗鬼になった」

「中森さんを殺したのは、おまえか？」

茫洋とした声なのに、何故か、白ずくめは顔からざあと血の気を引いて、

「ち、違う。あんなことで人を殺しやしねえ。ただ、放っちゃおけねえだろうが」

「あんなことって、何？」

「おれな、あの女に二〇〇〇万ばかり借りてたんだ。それが期限に遅れて、矢の催促されてた。あん

たがそれをネタに、警察《サツ》へチクると脅かすんじゃねえかと思ったんだ。誓って、それだけだ」

「チクらないけどね」

せつらは歪みの方へ顎をしゃくった。

白ずくめは立ち上がり、ぎこちない足取りでそちらへ歩き出した。

「た——助けてくれ」

蚊の鳴くような声である。

「今の娘の家族に詫《わ》びなきゃならない僕よりはましさ。それに——」

おまえが中森さん殺しの犯人であってもなくても、とりあえず、屑《くず》がひとり減る——せつらは美しい顔でそう考えたのだった。

そのとき、

「あのお——三沢《みさわ》さんの仇を討つなら無用です」

せつらのかたわらに、もうひとりのバイトが立っていた。血まみれの修羅場《しゅらば》なのに、さしてショックでもなさそうだ。〈区民〉の精神力である。

「どうして？」

「三沢さん、歪み信仰の教団に入会してたんです。ほら、あれのそばに、果物や祭壇や注連縄《しめなわ》が転がってるでしょ。こいつらが放り出しちゃったんですけど、〝神隠し〟が昔、信仰の対象だったのと同じ理由で、あの空間を崇《あが》める人たちが結構いるんですって。彼女、そのメンバーだったんです」

「…………」

「それに、今日いっぱいでバイトを辞めたら、すぐ、自分から生け贄《にえ》になって、あの中へ飛び込む予定だったそうで、それは教団のみんなが了解してるって、にこにこ話してくれました。三沢さんにしてみれば、ちょっとしたアクシデントで、それが早まっただけ——だから、飛び込むとき、凄く嬉しそうだったでしょ。その人を放り込んじゃいけないわ」

「しかし……ご家族が納得しないよ」

「大丈夫。あの人の家、お祖母《ばあ》さんから猫まで、歪み教団の信者なんですもの」

「…………」

「あら？」

せつらは娘の視線を追った。彼女の制止で引き止めておいた白ずくめは、その眼前で歪み、ねじくれ、忽然と消滅した。

「君たちを誘って――自分も誘われたか」

何となくわざとらしいためいきをつくせつらを、

「店長――面倒臭くなって、放り込んだんじゃないんですか？」

娘は悪戯《いたずら》っぽくにらみつけた。

返事はせず、路上の惨死体に目もくれずに、

「戻ろう」

「はい」

と二人はもと来た方へ歩き出した。

最初の十字路へ達したとき、右方の路地から、全裸に青いペンキを塗りたくったような金髪の若者が現われ、

「秋せつらだな？」

と殺意でむせ返るような視線を投げてきた。

「店の客にこの辺だと聞いた。――あのマッサージ女の一件から手を引いてもらおう」

「幾らでも引いてあげるよ」

こう言って、せつらは腕に力を込めた。襟元を絞めつけられて、ハイエナはせわしない喘鳴《ぜんめい》を放った。

「わかった――おれが悪かった。許してくれ」

ほっそりと見えるのに、せつらの腕は鋼《はがね》の強さを持っていた。

周りの客とホステスは、前触れなしのハプニングを、愉しそうに眺めている。

高田馬場《たかだのばば》駅近くのキャバレー「アラジン」の店内

であった。

せつらは手をゆるめず、

「丸一日捜した。その間、何回襲われたと思う？」

むしろ愉しげに聞こえる声である。もがき苦しむジョーとは、どえらいミスマッチだ。

「今朝のが一回、そこから戻る途中で、青いストリッパーみたいなのにもう一度、三回目はバイトの娘の家の前で待ち伏せされ、家へ帰ると四回目が五人組で待ってた。みいんな、中森さんの件から手を引け、だ。みいんな死んだけど」

「それとおれと……どういう関係がある？」

「彼ら全員に脅しのメールを出した奴がいる。どう考えても君だ。僕に仇を討てと言ってたよね」

「知らねえ、濡《ぬ》れ衣《ぎぬ》だ」

「なら、どうしてさっき謝《あやま》った？」

「しゅ――習性だ。厳しい人生を歩んできたせいだ」

「身体に訊くよ」

客たちが、一斉に吹き出した。しゃべり方と内容がどうしても一致しないのだ。震え上がったのはひとりだけだった。

「わ、わかった。あんたのやり方は、あの後調べてよく知ってる。やめてくれ。みいんなしゃべるよ」

「お利巧《りこう》さん」

席に着いて、ジョーは、

「あんたが婆さんの仇を討ちたがっていると、どうしても記事にしたかったんだ」

と説明しはじめた。

「ひとりぼっちで死んだ孤独な老婦人のために、〈新宿〉一の人捜し屋が義憤に駆られて立ち上がる――読者はみいんなスタンディング・オベーションさ。最高の供養にもなるしな」

「誰も立ち上がらないよ」

「だから、立ち上がらせてやったら？　今日一日で

何人殺した？」

「三〇とひとりか、な」

「そこまで殺《や》っちゃ、後には引けねえだろ。婆さんを殺した奴が中にいたかい？」

「いない」

　全員の証言を信じるわけではないが、せつらの妖糸に骨の髄《ずい》までこすられた連中だ。嘘をつく気力などあるはずもない。

「なら、いつか出てくる。〈新宿〉のめぼしい悪党みんなにメールしといたからな。それまで済まねえが、見当違いで襲ってくる奴らの相手をしてくれ」

「こら」

　ひと巻きしてやろうかと思ったとき、後ろから客のひとりがせつらの肩を叩いた。

「話は聞いた。美談だな」

「ビダン？」

「ああ。たかだか、その辺の助平マッサージの牝豚《めすぶた》の仇を討つため男が立ち上がるんだろ。いい話じゃなくて何だ？」

　そうだ、と周囲から賛同の雄叫《おたけ》びと拍手が巻き起こった。

「メールで〈新宿ネット〉へ送ったぜ。これであんたのこと知らねえ奴はいなくなった」

「しっかりやれ」

「素敵よ、ハンサムさん」

　何のつもりか、握手しに来る客やホステスまで出て来た。この中の誰ひとりも、中森久代の顔も知らぬはずであった。

「おれの携帯とメアドは、この前教えといたな。——あんたひとりを死なせやしねえよ。おれも調べる。面白い情報が入ったんでな。また後で会おうぜ、できれば夜がいいな。なんせ、ここは〈新宿〉なんだからよ」

　さっさと出て行く、しわくちゃの後ろ姿を見ながら、せつらは自分が罠にかけられたことを思い知った。

店へ戻る途中で外谷のオフィスへ連絡を入れ、即効性の癌細胞を人間に植えつけられる連中のリストが知りたいと申し込んだ。

速攻で話がついた。

「三人いるね。三人ともMD——マッド・ドクターだよ。暇があると人殺しのウィルスを開発してる奴らさ。このうち二人は、さすがに区外追放になってる。残りはひとり」

名前は岳紫洋《がくしよう》。歌舞伎町のラブ・ホテルの一室を根城にしているMDだった。

そっちへ廻る前に、せつらはまず家へ戻った。昨夜、風呂に入れず終《じま》いだったと、身体が教えたのだ。

人捜しセンターの前に立つ女は、二十代に見えた。

艶《つや》やかな肌と首に巻いたスカーフの鮮烈なブルーのせいかも知れない。茶色のジャケットの上の顔は若々しく、ミモレ丈《だけ》のスカートからのぞく足は、しなやかそのものだ。

女は中森典子《のりこ》と名乗った。

「中森久代の娘です」

4

娘——典子の依頼は、母の仇を見つけてくれというものだったが、せつらは辞退した。

「もう同じ依頼を受けつけてしまいまして」

「誰が頼んだのです？　母の勤め先の人たちでしょうか？」

「とにかく、お受けできません」

念を入れてから、せつらは少し驚いた。

典子はハンカチを眼に当てていた。

「あなたの依頼は断わりましたが、結果は一緒です」

「違います」

典子はかぶりをふった。

「家族以外の人たちが、母の仇を討つのに、あなたを雇ってくれたのが、嬉《うれ》しくて」

「雇われてない」

「依頼を受けたとおっしゃいました」

典子はせつらを見つめたまま力強く言った。

「いや、あれは」

「――これから、どうなさるおつもりですの？　お手伝いします」

「あなたが、中森さんの娘さんだという証拠がない」

「これでは――いけませんか？」

娘はショルダー・バッグから、封筒を取り出した。受け取った中味は、戸籍謄本だった。

確かに中森久代の長女・典子とある。

「職業は何を？」

「保険会社のOLです。これ、身分証明書」

写真付きのそれに目を通してから、せつらは返却し、

「帰りなさい」

と言った。

「どうして？」

「お母さんは、あなたとお兄さんのことを気にかけていました。この上、あなたに何かあったら、死んでも死に切れない――と思います」

典子は、にっこりした。

「そんな風に言われても、説得力ないわ」

春風に浮かれた男が、心中でもしようかと打ち明けるようなものだろう。

「とにかく、帰りなさい。これでお別れです」

「嫌《いや》です。あたし、保険の調査をやってました。多少の危ないことには慣れてます」

「多少ではありません」

せつらは静かに明るい眼の娘を見つめた。

何故《なぜ》か典子はたじろぎ、眼をそらした。立ち直るには少々の時間を要した。

「聞いてください。私、母子の感傷だけで犯人を見つけてくださいと言ってるんじゃありません。そんなもの、母に捨てられたときに吹っとんでしまいました」

「捨てられた？」

この若者が、依頼を断わった相手の言葉に、束《つか》の間《ま》の興味を示したのは、この瞬間、右手に軽い痺《しび》れを感じたからだった。

「そうです、私も兄も。四歳のときでした」

絶好のチャンスを捉えて、典子は滔々《とうとう》と語りはじめた。母が自分たちを捨てたのは、生活苦のためだった。子供心にもそれはわかったから、怨《うら》んでなどいない。二人とも施設に引き取られたが、そこで〈魔震《デビル・クエイク》〉に遭遇、兄は亡くなった。母が〈新宿〉へ戻ってきたと知ったのは、つい先日、警察がその死を伝えに来たときである。

こんなに近くにいたのに会えなかった。しかも、母は彼女と兄名義の貯金を遺していてくれたのである。地の底へ引き込まれていくような哀しみの中で、典子は復讐を決意した。

「秋せつらさんの名前は、何度も聞かされていました。〈新宿〉に生きている限り、どんな相手でも捜し出してくれるって。だから――」

もう無理は言いません、と典子は、また溢れ出した涙を拭って言った。

「よかったら、ここへ連絡をください。ずっと待ってます。そして、できたら、何か手伝わせてください」

　典子が立ち去ってから、せつらは名刺に記された勤め先へ電話をかけてみた。

　受付嬢の声が会社名を告げ、せつらの質問に、その者は確かに当社に在籍しておりますと保証した。

　歌舞伎町のラブ・ホテル「バイブ」は、ホテル街の西の外れにあった。

　ラブ・ホテルといっても、最近は手頃な愛を交わす場所とは限らず、長期の滞在客に格安の料金で部屋を貸す。大抵の場合、客たちは非合法な職業に従事する人間か、おかしな実験に邁進《まいしん》するMD《マッド・ドクター》が多い。その手のラブ・ホテルが〝研究所〟と別称される所以《ゆえん》である。

　ホテルの外から妖糸を滑り込ませて、廊下や監視カメラ、隠し武器等の有無を調べてから、岳紫洋の住む四階の一室へ送った。

　ある反応が伝わってきた。

　妖糸を戻して、岳紫の部屋の窓枠に結びつけ、せつらはその上を四階へと駆け昇った。

　窓とサッシの間から忍び込ませた糸で鍵を外して入り込む。

　個人用発電機や実験器具が並んだ部屋には、奇妙な匂いが充満していた。化学薬品プラス――

　それは狭隘《きょうあい》な床の上に倒れた物体から発散していた。うつ伏せの身体の下に丸く真紅の絨毯《じゅうたん》が敷いてある。――血だ。

　せつらがかたわらに降り立つと、死体の首がひょいと持ち上がった。妖糸の仕業《しわざ》だ。

　五十年配の禿げ頭の下に、痩せこけた顔がついていた。

　糸の反応から、死後約一五分――死にたてのほやほやだとわかっている。無辜《むこ》のマッサージ師に癌細胞を植えつけた狂人医師は、口を封じられてしまったのだ。

後はこの研究室を捜して、犯人に到る物証を手に入れるしかない。

そのとき、せつらはドアの方をふり向いた。

鍵穴のあたりから、何か光る球体《たま》がふたつ、ゆらゆらとこちらに向かってくる。

床の死体がふわりと浮き上がり、球体めがけて躍りかかった。もう用はない抜け殻である。

岳紫の頭が先頭の球体の下端に触れるや、一見シャボン玉のようなそれは、瞬《まばた》きする間に死体の全身を包み込んだ。

墨の滲《にじ》むような輪郭が、みるみる形を失っていく。

球体に溶かされるのを待つわけにはいかなかった。

せつらの一メートル前方で、二つめの球体は十文字に裂け——その刹那《せつな》、弾《はじ》け飛んだ。

眼を貫《つらぬ》く刺激臭が室内に満ちた。球体はその内部《なか》に猛毒を湛《たた》えたガス状生物だったのだ。

反射的に呼吸は止めたものの、眼をやられた。眼窩《がん》から鳩尾《みぞおち》まで強烈にしみる。

勘を頼りにせつらは窓へと跳躍し、そこから地上まで、何もない空間を斜めに走り下りていった。

地上で走り出そうと足に力を入れた。

右横でクラクションが鳴った。

車のドアを開けて、聞き覚えのある声が、

「乗ってくかい?」

と訊いた。ハイエナのジョーだった。

その声と勘を頼りにせつらが乗り込むと、

「眼か」

とだけ言って、ジョーは車をスタートさせた。

「シャボン玉が追って来ないか?」

とせつらは訊いた。

少し間を置いて、

「んなもの、ねえよ」

ジョーは狭い道を器用に何度か曲がって、〈旧区《きゅうく》役所《やくしょ》通り〉へ出た。そこも左へ――〈メフィスト病院〉へと向かう。

治療はすぐに済んだ。玄関をくぐって一〇分とせずに戻ってきたせつらへ、

「こいつぁ驚いた。顔見ただけで院長につないで、もうオッケーかよ。ドクター・メフィスト直々《じきじき》の診察かい？」

せつらは眼をさして、

「失明してた」

と言った。

「――それが治ったのかよ。なんて病院だ。そこを顔パスってのは――」

絶句するジョーへ、

「いつから尾《つ》けてた？」

とせつらは訊いた。

「内緒だ。あんたは大事な金づるだからな。動向をチェックしとく必要があるんだ。これも仕事でな。――失礼」

何処《どこ》へ行くのかと思ったら、喫煙コーナーの灰皿を開け、しけもくを咥えて戻ってきた。

百円ライターで火を点《つ》けてから煙を吐き出し、

「最近は自販機の煙草も信用できなくてな。余丁《よちょう》町《まち》で機械へ入れるときに、毒物を注射した奴がいた。知ってるだろ、六〇人ばかり死んだ。その点、他人の喫《す》い残しなら安心さ」

「一理ある」

せつらはうなずいた。本気かどうか、茫たる表情からは窺《うかが》い知れないが、多分そうだろう。

「嬉しいねえ」

ジョーは破顔した。

「この話をすると一〇〇人が一〇〇人まで、おめー

は本物のハイエナだってぬかしやがる。確かに、ライオンのお余りを頂戴《ちょうだい》するのが、アフリカのおれさまの仕事だからな。あんた、気に入ったぜ」

肩を叩こうとのばしてきた手を、せつらは軽くかわした。気を悪くした風もなく肩をすくめて、ジョーは、

「ところで、あそこのMD《マッド・ドクター》どうだった？　その眼、そいつにやられたのかい？」

「企業秘密」

「当ててみせようか？　入ったときは、奴、もう死んでただろ。しかも、おかしなシャボン玉が襲いかかってきた。えらい目に遇《あ》ったが、あんたも凄えな。死体を操れるのかい？」

「どっから見てた？」

せつらが胸や肩をぽんぽん叩きはじめるのを見て、ジョーは苦笑した。

「いくら探したって、監視カメラなんざ出て来やしねえよ。それより、実のある話をしようぜ。あんたばかりを働かせてたわけじゃねえ。おれもあちこち手を廻してみたんだ。あのな——」

さあ驚かしてやるぜ、といった表情がいきなりうつ向いた。肩が激しく揺れた。咳込《せきこ》むハイエナへ、

「病院へ行こう」

とせつらは言った。

「大丈夫だ」

顔が上がってきた。蠟《ろう》みたいな顔色をしている。

咳込んで三秒。

「しけもくの呪いかも知れねえな——実はよ、岳紫の野郎、意外とむっつり何とかの口でな。新大久保《しんおおくぼ》のイメ・キャバに女がいるんだよ。早いとこ、当ってみねーか？　敵はまだ気がついてねーだろうが、のんびりしてると、また消されちまうぜ。しかも、待ち伏せまでされてよ」

「露骨な嫌がらせだな」

せつらの声と同時に、ジョーの身体が跳ね上がった。

妖糸に巻かれたわけではない。巻かれる寸前、右奥のソファで順番待ちをしている一団のひとりが近づいてきたのだ。高校生と思《おぼ》しいセーラー服姿の娘であった。

「危《やべ》え。——イメ・キャバの名前は『ライトアップ』だ。女は百沢《ももさわ》ナツ——スーラって源氏名《げんじな》で出てるよ。これで失礼するぜ」

足早にホールのドアを抜け、五、六メートルも行ったところで、セーラー服がドアに辿《たど》り着いた。ジョーが門を出てから、震えていた肩を落として、せつらのところへやって来た。

あどけなさを残した顔が、たちまち、恍惚と溶けてしまう。

何とか眼を閉じるのに、たっぷり五秒はかかった。


「あの——今の男《ひと》の、知り合いですか？」

初対面の相手に対しては、無礼と呼んでも差し支えない口調であった。必死で怒りを盛り込もうとしている。

「少しね」

とせつら。

「——つき合うの、やめたほうがいいです。あいつ——人殺しです」

「はあ」

「父さん、あいつに女の人のいることを知られて、脅されました。そのせいで会社つぶれて——母さんとも別れて、自殺を」

固く閉じた瞼《まぶた》から、涙が溢れた。

「…………」

「母さんも身体壊して、今、ここへ通ってるんです。あたしも今月一杯で高校やめなきゃならない。みんな、あいつのせいだわ——あなたも気をつけてください」

「わざわざ、どうも」

「いえ」

娘は頭をひとつ下げて、もとのソファへ戻った。ソファの肘掛けに、小柄な婦人がもたれていた。肩で呼吸《いき》しているのがはっきりとわかる。

「ハイエナか」

とせつらはつぶやいた。それが自分の意思なのかどうかは、茫洋たる表情からは窺い知れなかった。

5

イメ・キャバとはイメージ・キャバレーの略だが〈区外〉の類似店とは大幅に異なる。ドアをくぐると、早速、マネージャーがとんで来て、

「どんなレベルがお好みで?」

と訊いてくる。

1から10までの数字《ナンバー》を指定する者もいれば、〝視認できれば〝OKから、〝抱ける〝娘と答える客も多い。後は店内へ入る前に、レベルに応じたイメージの固定剤を一カプセル服用するだけだ。

今夜に限って、マネージャーは仕事も忘れた。近くにいたホステスもボーイも、天使を見たカソリック教徒みたいな表情になった。

「警察です」

とせつらは偽《にせ》のIDカードを示して、スーラさんに訊きたいことがある、と告げた。後で問題になりそうなやり方だが、すべて、小首を傾げて微笑むと解決してしまう。警察なんて甘いもんだ、せいぜい利用してやれ、くらいのことを、この美しい若者は充分考えていかねない。

マネージャーは二つ返事で、いま呼び出しますから先に行っててらしてくださいと、自分の部屋まで提供してくれた。

五分と待たずにやってきた女は、二十歳《はたち》前に見えた。うすいドレスの下には、赤いビキニのパンティしかつけていない。乳房は丸見えだ。桜色の頬っぺたはふくらんで、首も手も足も太い。岳紫を知る者なら、成程と納得するだろう。

通常のイメ・キャバは、幻覚実体キューブを服《の》んだ客の妄想どおりの女性を、薬の強さに合わせて出現させるに留まるが、「ライトアップ」では、贔屓《ひいき》のホステスを媒体にする。つまり、現われる幻覚は彼女のイメージを伴っているわけだ。より現実的な妄想の実現——リアリティを求める客に受ける。ベテランになると、ホステス自身が薬を服んで客の妄想を叶えてやる場合もある。これは大技だ。

この場合、スーラに必要なのは、自身の妄想を払拭《ふっしょく》する手だてだった。せつらを見た途端、脳は世にも美しい夢を紡《つむ》ぎはじめたのである。

それを何とか正気に戻し戻ししながら一〇分ほど話を聞いたが、これといった情報は出てこなかった。

「随分と入れあげて、色んなものもプレゼントしてもらえたけど、所詮《しょせん》はその他大勢のひとりよ」

とスーラは笑った。本物の嘲笑であった。

それから眼をつぶって、

「あ、あんたなら……あたし……いくらでも、何でも……み、貢《みつ》いじゃうけどね」

真っ赤な顔で言ったものだ。

せつらは質問を変えた。

「岳紫さんは、いつもひとりでここへ？」

「そんなことないわよ」

とスーラは軽くかぶりをふった。

「ここって、結構、複数で来るお客さん多いんです。あの人も、何回か二、三人で来てた」

「顔——覚えてます？」

「会えばわかるよ」

「似顔絵どうですか？　ＣＤモーフィングで肉付けができますけど」

「やよ、面倒臭い」

「名前とか、職業とかわかりません？」

　スーラは沈黙し、記憶を辿った。口の脇を人さし指で小さく叩いて、あっあっあとつづけた。眼を閉じて、

「ひとり――憶《おも》い出したわ」

「わお――で？」

「引き替えにデートしてくれる？」

「は？」

「ギヴ・アンド・テイクよ。世の中そういうもンでしょ」

「はあ」

「交渉成立ね。でも、詰まらないデートでしょうね。あなたの顔――見えないんだもの」

「は？」

「そんな素敵な顔、五秒も見つづけていたら、あたし、おかしくなっちゃう。人間には見ちゃいけないものがあるっていうでしょ。それが、あんたなのよ」

「はあ」

　禅問答のような会話に、スーラは苦笑を浮かべて、

「あんたを見て、はじめて、ここが〈魔界都市〉だって、身に沁《し》みたわよ。そんな世界にふさわしい、眼隠しデートも愉しいわね、きっと」

「はあ」

「――店がはねるまで待っててくれる？　そしたら、凄いフレンチとおいしいコーヒーの代わりに、知ってることみんな教えてあげる」

「あ。どーも」

「ちょっと失礼」

　赤、青、黄、紫に黄金――きらびやかなマニキュ

アを施《ほどこ》した太めの指が上がって、せつらの頬に触れた。外見からは想像もできない優しい触れ方であった。

「ほんとにきれいだね。眼を閉じててもわかるよ。こんな滑らかな頬骨。指が教えてくれる」

せつらとしては、はは、というしかない。

「それじゃ、『風林会館《ふうりん》』の『パリジェンヌ』で待ってて」

手を下ろしてきびすを返し、スーラは部屋を出て行った。逃げるような足取りであった。

「フレンチ」

どう思っているのかよくわからない口調で、洩らすと、せつらは室内を見廻した。

ひと廻りしてから、

「ふうん」

コートの内側へ手を入れ、超高感度のデジタル・カメラを取り出す。部屋を出たのは、三〇〇枚のデータ一本を使い切った後であった。

ホールへ来ると、マネージャーが待っていて、

「話は済みましたか？」

と揉み手した。こちらも眼を閉じている。

「何とか」

後でまた、とは言わなかった。マネージャーはまだ、せつらが刑事だと思っている。この街では間違いは正さないほうがいい。

「そりゃよかったです。――あの、これ、詰まらないもんですが、うちの系列店ならどこでも使えます。お近づきの印に」

手渡された封筒を、せつらは遠慮せず、

「どーも」

とポケットへ収めた。

もちろん、賄賂《わいろ》だが、〈新宿〉の警官は賄賂の有無で手加減などしない。この街での手抜きは、誰か

の生命に関わるのだ。従って賄賂を贈るのは無意味なのだが、贈るほうにも受け取るほうにも事欠かないというのは、この手の行為は環境にあまり影響されない、というより、〈区外〉との隔たりを怖れる〈新宿区民〉ならではのものと心理学者は見ている。

「パリジェンヌ」の店内には、もう人が溢れていた。〈魔震〉の前から、拳銃弾が射ち込まれたりして賑やかな店だったが、現在は輪をかけて凄い。

奥では、いかにもやくざといった面構《つらがま》えが五つも六つも並んでいるし、その手前は非合法サイボーグ・グループと、筋力強化処置を受けたと思しいもりもり集団が、静かなにらみ合いをつづけている。

サラリーマンやお水《みず》らしい女たちの数も多いが、うち八割は武器を隠し持っているはずだ。一応、許可を受けていない民間人や観光客には殺傷力の強い品は禁じられているものの、殺されてから規制を怨《うら》んでもはじまらない。

自動ドアをくぐると、せつらは素早く席についた。

素の美貌に他の客が気づくと、ちょっとした宗教的空間が形成されてしまう。商談は停滞し、銀行強盗の計画も中止だ。他人に迷惑をかけるのはよくない。

とろんとした眼つきのウエイトレスに、

「クリーム・ソーダ」

「はい」

よろよろと歩き去ると、せつらはおしぼりで手を拭いた。

「元気か？」

衝立《ついたて》で隔てられた右隣りの席から、錆《さび》を含んだ声が、それでも親しげにかかった。

レゲエめいたドレッド・ヘアと黒いアイパッチが右眼を覆う隻眼《せきがん》が微笑していた。

「わあ、刑事《でか》だ」

立とうとする左手を、鋼の指が押さえた。

「張り込み中？」

「でかい声を出すな」

と〝凍らせ屋〟の屍刑四郎《かばねけいしろう》は、苦《にが》い顔になって、

「正解だ」

「出るよ。――人が死ぬに決まってる」

「おれは殺し屋か――丁度、話し相手が欲しかったところだ。坐って、人生について語ろうや」

「僕、やだ」

「これ以上ゴタつかせると、公務執行妨害で逮捕するぞ」

「あー、警官横暴」

とせつらが抗議したとき、自動ドアを抜けて赤いコート姿が、早足に近づいてきた。

「早いなあ」

感心するせつらの前で、スーラはためいきをひとつついた。表情からして安堵のそれだ。

「どしたの？」

「おかしな客が店へ来たの。ただのストーカーやッェザーレの眼つきじゃない。あれは殺し屋よ」

せつらは隣りの席が気になったが、いかなる感情のゆらぎも伝わって来なかった。

「トイレへ行くふりして逃げてきたけど、まけたとは思えない。早く出よう」

「はあ」

スーラはせつらの肩を摑《つか》んだ。眼はドアの方に向き っ放しだ。

「何を愚図《ぐず》ってるの。あんた、殺し屋を二人も相手にゃできないだろ？」

「僕はできないけどね」

せつらは屍を指さした。

「刑事さん」

「え？」

とスーラが眼を剝《む》いて、

「その髪の毛――片目――TVで見たことがあるわ。あんた……〝凍らせ屋〟」

「おや」

屍に吸いついたスーラの視線の代わりに、ドアの方を見ていたせつらの眼に、入店したばかりの地味な上衣にノータイの男が映った。顔は平凡だが、眼つきが違う。

何気なさそうに店内を見廻し、こちらを向いても視線は合わせず、自然に近づいてくる。せつらの後ろは空席だ。

「声をかけたら守ってやれ」

屍のひとことで、スーラの顔は紙の色になった。

男が一メートルまで近づいたとき、店の奥――〈旧区役所通り〉に面したもうひとつの出入口から、

「やめろ！」

動揺と恐怖で塗りつぶされたような声がした。

それが却って引金になったか、男は立ち止まり、右手をスーラへとのばした。

人さし指の先は黒い鋼の穴が開いている。

だが、九ミリ・パラベラムの全自動《フルオート》射撃が稼動する前に、巨砲の轟音が店内をゆるがした。

後頭部から脳漿《のうしょう》を噴き出し、男が吹っとぶ。五メートルも向こうの道路にひっくり返った彼を見たのはスーラだけだった。

せつらと屍の眼は、声の主――もうひとつの出入口で両手を上げたスーツ姿の男を映していた。

彼の位置からは屍の姿が見えたが、後方からやってきた相棒には確認できなかったのだ。

やめろとは、心底からの叫びであったろう。殺し屋は死神に遭遇してしまったのだ。

沈黙の店内にどよめきが上がった。銃声と同時に全員が伏せ、逃げ出す者がひとりもいなかったのは、〈新宿〉ならではの反応であった。みな上衣の

内側や鞄、ハンドバッグに片手を突っ込んでいる。手首から先は武器を握っているはずだ。これが〈新宿〉なのだ。

「警察だ」

と屍が宣言して、後ろからやって来るガードマンにIDカードを示した。

凍らせ屋だ、という声が幾つも上がった。カードなしでも、ひとめでわかる。

「やっぱり、死んだ」

とせつらが言った。

「ひとり助けた。ありがたく思え」

いつもの屍なら、もうひとりも射ち殺されている可能性が高い。

「で、話をきかせてもらえるかな？」

と屍がスーラに言った。

そのとき――

何処からともなく半透明の球体が三人に吹き寄せてきた。

6

どう見ても巨大なシャボン玉としか見えぬ球体が、どれほどの毒を秘めているか、せつらだけは知っている。

明らかにこっちへ、と見抜いて屍の右手が上がった。すでにひとりの頭部を粉砕した青光るスチールの塊《かたま》りは、潜《ひそ》めた場所もわからぬ必殺の巨銃〝ドラム〟。

だが、第一弾を射つ寸前に、せつらが、

「毒だ！」

低くささやいた。大声を出さないのは、店内のパニックを警戒したからだ。

「狙いは僕だ。伏せろ」

言うなり、美しい黒い風と化して、〈旧区役所通り〉側の出入口へ跳んでいる。この巻く風に誘われたかのように、奇怪な球体はせつらを追う。

せつらの目論見《もくろみ》は無論、外へと球体を誘導することだ。

だが、球体には与えられた使命に服従する他に、自らの本能への忠実さも備わっていたらしい。

しんがりの数個が列を乱して、椅子《いす》にかけたままの客たちに滑《すべ》り寄っていく。

客たちが拳銃を抜いた。

「射つな、毒だぞ！」

屍が叫んだが遅かった。複数の銃声が店内に轟《とどろ》き、炎が光と影とをゆらす。回転する輪胴《シリンダー》、後退する遊底《スライド》がきらめく空薬莢《エンプティ・ケース》を弾き出した。

頭上で球体が弾けるや、死のガスが客たちに報《むく》いた。体内の血液が沸騰《ふっとう》し、様々な神経細胞が心筋の停止を命令する。九穴から白煙を噴きつつ客たちはのたうった。


店内の惨状を一瞥《いちべつ》してから、せつらは戸口を抜けた。球体の暴走は予想を外れていた。

「伏せて」

と通行人に叫んだ。屍にホールド・アップされた殺し屋が跳び出てくる。その頭と右肩に、球体がやさしく触れた。

声もなく硬直した身体に新たなシャボン玉が次々に付着し、霧に覆《おお》われた影のように殺し屋は溶《と》けていく。

せつらの声が届かぬ通りの向こう側でも、〈区民〉たちは素早く身を伏せたが、訳のわからない通行人が何人か、こちらへやって来ようと通りを渡りかけた。

その全身に凄《すさ》まじい痛みが骨まで食い入って彼らを失神させた。

愚か者たちに束《つか》の間の眠りを与えてから、せつらは通りを昇り切ったところにある交差点を渡った。

球体が追ってくるのを確かめ、疾走に移る。すぐに庭木とネオン・サイン付きのビルが林立する一角に入った。歌舞伎町のホテル街である。

さすがにひと気はない。

せつらは突き当たりを左へ折れた。新大久保方面——〈職安《しょくあん》通り〉へと下る道の左手に、広い廃墟が見えた。〈魔震〉による大きなダメージから真っ先に回復したのは、このホテル街であった。経営者たちは人間の欲望の強さについて、熟知しているに違いない。それでも廃墟は残った。せつらの目的地はそのひとつであった。

瓦礫《がれき》と化したホテルの一角に地下への出入口が口を開けていた。一気に跳び下りる。B1、B2を通過し、着地は天女のようにゆるやかであった。身を托《たく》した妖糸の力だ。

地上の昇降口から届くおぼろな月光の中で、せつらは周囲を見廻した。

真向かいにひしゃげたエレベーターのドア、右方にこれはややまともだが、やはりひん曲がったスチールドアがはめ込まれている。

問題はコンクリートの壁だ。眼を凝らせば、蜘蛛《くも》の糸状のひびに埋め尽くされ、子供が触れただけで、地下全体がたちどころに崩壊してもおかしくない。せつらのいる場所は、まさしく砂の大伽藍《がらん》であった。

「さてと」

彼は奇妙な作業にとりかかった。といっても、頭上遥かな昇降口へ右手を上げ、右方のドアへ左手をのばしただけである。それから両手首を、凧揚《たこあ》げの糸具合でも確かめるみたいに、軽くこねて、

「いえい」

面白くもなさそうに言ってから、ドアへと歩き出した。昇降口から降下してくる球体のきらめきに気づいたせいもあるかも知れない。

ひと目見たときから、ドアは開かないとわかっていた。数千トンの圧力が大地を背負うアトラスのごとき詰屈《きっくつ》した姿勢を強《し》いている。

かすかな光のすじが躍った。

せつらが前へ出ると同時に、ドアの中央には、人ひとりが通り抜けられるくらいの方円が縦に開いて、せつらを迎え入れた。

よくも〈魔震〉の牙が届かなかったと思える広い空間であった。

剝離した壁や天井の表面が、あちこちに小さな山を造っているが、破壊前の面影は、ほぼ完璧に保たれていた。革製の緊縛用ベルト付きのベッド、同じベルトがぶら下がった木馬、天井の滑車が垂らしたロープの先にはゴム製の手枷《てかせ》がゆれている。壁にかけられた鎖やロープや革鞭《むち》、キャビネットのガラスを通して見える蠟燭《ろうそく》や奇怪な形のバイブレーターまではまだしも、澱《よど》み切った水を入れたままの水槽やガスバーナー、電気ショック椅子に、数々のナイフや、釘や斧《おの》、そのかたわらに簡易手術装置まで備わっているとなると、このホテルが単なるSM専門でないのは、誰の眼にも明らかだ。

床の上の黒い染みは、かつてこのスペシャル・ルームでSMの究極の形——死を求めたM女が、Sの恋人に求めて四肢を切断させた痕《あと》である。簡易手術装置は、その死に驚いた店が、専任の医師ともども取り付けたもので、死者こそ出なくなったものの、利用客の評判はすこぶる悪かったという。

「助けて」

かすかな、糸のように細い声が壁の方からした。

手枷と足枷をはめられた全裸の女が、せつらへ血まみれの顔を向けていた。青白い身体の向こうにコンクリの壁面が透《す》けている。死霊だ。

〈魔震〉後の第一次復興作業の際、この地下からは、餓死した十数名の遺体が発見されたという。そのひとりであろう。

水音がした。水槽の中を、半ば腐敗した男女が優雅に泳ぎ廻っている。その顔に胸に尻に、無数の小魚が付着し、鋭い牙で肉を食い取っている最中だ。彼らはピラニアとのプレイを愉《たの》しみすぎたのかも知れない。

せつらは構わず、部屋の真ん中へ進んだ。

「手当てが必要ですよ」

背後から白衣姿の医師が声をかけてきた。この部屋へ閉じ込められた客たちが、飢えと渇きに苛《さいな》まれ、ついに凄惨《せいさん》な共食いに身を委《ゆだ》ねかけたとき、くじ引きを提案し、その命を長びかせるために、肉体の無痛削除を行なったのは彼であった。もっとも、今では、その延命は、少しでも長く食料を新鮮に保つためと結論されている。

「僕はできるだけのことをしましたよ」

医師は手術刀を手に、せつらの方へ近づいてきた。

「それなのに、みんな、食いものが足りない、おまえがなれと襲いかかってきたんだ。ええ、食われちゃいました」

彼はメスを握っていないほうの手で白衣のボタンを外《はず》した。

「ほら」

前を開くと、内側は骨だけが残っていた。

せつらは黙って眺めている。これほど相手を無視した反応を平気で示す若者もいないだろう。

医師は白衣を戻して言った。

「君も僕を食べたいのか？　今度はそうはいかん。僕が食べてやる」

彼は右手をふりかぶってせつらへと迫った。

その鼻先から黒い美身がかき消え、同時に半透明の球体がふり下ろした腕と肩に貼りついた。メスが他の幾つかを切り裂くや、死のガスが空気を満たしはじめた。

球体は壁の女や水中の腐乱死体と肉食魚も襲った。

その間にせつらは天井にいた。まるで小判鮫のように、背中を天井に貼りつけているのである。ガス状生命体と死霊との戦いの結果に興味があるものかどうか。彼は音もなく天井を滑って戸口に下り立った。あぶれた球体が向きを変え、彼を認めて接近してくる。

次の刹那《せつな》、前触れもなく壁が崩れ、天井が落下した。死霊もガス体も一瞬のうちに数千トンの質量の下敷きになり、やがてコンクリートに吸収されてしまう。

この崩壊の瞬間、せつらの身体は信じ難い速度でドアを抜け、廊下へ跳び出した。爪先を天井のコンクリがかすめる。崩壊は廊下も襲っていた。わずかなタイム・ラグ。その中をせつらは疾《はし》った。

マッハ近い速度で廊下を走り昇降口に。ひしゃげ崩れる天井と壁とを尻目に、垂直上昇を開始する。地上へと噴出する寸前、瓦礫の山がのしかかってきたが、見えない壁にでもぶつかったみたいに跳ね返り、垂直に落ちていく。

そのまま、せつらは地上一〇メートルも美しい若鮎のごとく跳ね上がり、月光と夜気とに守られつつ、ひめやかな着地を敢行した。

爪先で地面が陥没した。もう一度地を蹴《け》った空中で、せつらは擂鉢《すりばち》状に傾斜していくコンクリの大地を見た。

彼は、崩壊寸前の地下の壁と天井とを切り裂く他に、もうひとつの役目を妖糸に与えた。

過激この上ない千分の一ミクロンという太さの糸は、せつらの指先の技でもって強靭《きょうじん》比類なき発条《ばね》と化し、亜音速での脱出を完成したのであった。

「パリジェンヌ」はすでに平静さを取り戻していた。

せつらを見ると、店員は一瞬、動揺したが、たちまち恍惚《こうこつ》となって、問われるままに事情を説明した。

せつらが脱出してすぐ、〝凍らせ屋〟がメフィスト病院と警察に連絡し、駆けつけたメフィスト病院の救命隊員が即刻、犠牲者を収容した。全員が心拍停止状態に陥《おちい》っていたが、同行の医師が、再生処置で復活すると太鼓判を捺《お》したのが何よりであった。

屍が当事者のひとりであったことから、現場検証も速やかに完了し、係員の姿もない。

ついでに、スーラもいない。

店員に訊くと、毒ガスを吸い込んで収容されたらしく、せつらはその足でメフィスト病院へと向かった。

目下、治療中とのことで、特別応接室へ通された。院長の知り合いだからというのではなく、彼がホールにいると、患者にただならぬ事態が生じるのだ。いいほうに出れば、せつらの美貌に魅入られた歩行困難な少年が、松葉杖《づえ》なしで近づいてきたり、無感情症の少女が、恍惚のあまり治癒してしまったりするが、悪い目が出ると、錯乱状態に陥った患者が、体内の妖物を解放するわ、高血圧の老人グループが脳の血管をぷちんとやってしまうわ――天秤にかければ、絶対に悪いほうへ傾く。

ソファにかけて、ぼんやりしていると、スーラの代わりに屍が入ってきた。

「これはこれは」

「会えて嬉しいか?」

のっそりと向かいの椅子に腰を下ろした身体は、決して巨体ではないが、三倍の重さとサイズの改造人間を、素手でぶちのめす実力を秘めている。

「では――」

屍は光る隻眼をせつらに向けて、

「最後の証人の事情聴取といこう」

と言った。

「企業秘密だよ」

とだけせつらは答えて口をつぐんだ。

「公務執行妨害で逮捕するぞ」

屍の声は冷たい鉄である。

茫洋《ぼうよう》対苛烈《かれつ》の対決とでもいえばいいものか、応接室の空気は、しんと凍りついた。

そこへ――。

「我が病院での争いは厳禁だ。たとえ〈新宿〉一の人捜し屋と〝凍らせ屋〟殿といえども、な」

まさしく天上から響く天使の声。姿無くしても、人はそこにドクター・メフィストの幻を見るだろう。

「患者は治療を終えた。尋問にも充分答えられるだろう。ナンバーは――」

7

スーラは、せつらが入ってくるなり眼を閉じた。

「こうでもしないと、まともに話せないのよ」

「迷惑をかけました」

とせつらは詫《わ》びた。

「いいのよ。この街なら、あのくらい、何回死んでも生き返らせてくれるわ。――あの刑事さんは？」

「僕の後から話を聞くつもりです。譲ってくれました」

「まあ。『パリジェンヌ』での様子を見ると、絶対、二人揃《そろ》って来ると思っていたのに」

「そのはずだったんですが、お互い立場が」

と言ってから、

「お寝《やす》みのところを済みませんが、岳紫《がくし》さんの知り合いの件で」

「そうね——あたしが出し惜しみしたせいで、こんな騒ぎになってしまったんだもんね」

「そんなことありません」

スーラは、おや？　という表情になってせつらを見た。

「やさしいのね。とぼけてるけど、どっか怖いと思ってたのに」

「ははは。——で？」

スーラはまた眼を閉じた。

「もういつだったかは覚えてないけど、あの人とやって来たのは、大村《おおむら》って仲介屋よ」

茫洋とした表情の奥で、その名前から何かを導くべく、どのような凄絶《せいぜつ》な作業が行なわれたことか。

せつらは小さくうなずいて、わかりました、と言った。

「店の子で知ってるのがいてね。専門は武器や殺し屋の斡旋《あっせん》なんだってよ。ね、あの人を殺したのは、そいつ？」

「いえ、まだ」

「捕まえてよ、絶対——偽《にせ》刑事さん」

「え？」

「これでも色んな男を見て来たのよ。〈新宿警察〉なら、どんな刑事がいてもおかしくないけど、あんただけは違う。ここの院長が税務署長じゃないのと同じくらい、ね。でも、刑事と名乗ってあたしの話を聞いた以上は、あの人の仇を討って。あの人、あんな風体《ふうてい》だから、みんなに気味悪がられてつまはじきにされ、それで、随分とひねくれちゃったんだけど、あたしには優しかったよ」

控え室へ顔を出しても、ろくに口もきかず、花束とプレゼントを置いて出て行くことが多かったという。スーラのほうから引き止め、ようやく会話するようになるまで三ヵ月かかった。

「三重の出身で、十五の年にここへ来たと言ってた。医学を専門に学んだことはないけど、本を読めばいくらでも頭へ入ったって。あたし、羨《うらや》ましかったよ。あたしみたいに、身体を見世物にする以外、能がないような女より、よっぽどましだって言ったら、引っぱたかれちゃったけどね。そんなところもある人だった」

　せつらは黙って聞いていた。こんなとき、女がしあわせなことを彼はよく知っていた。それを壊すには、ひとこと口をはさめばいいことも。だから、彼は黙って聞いているのだった。

　スーラは口をつぐんで、微笑した。

「つまらない話をしちゃったね。のろけだと思ってくれていいよ。あんたがどこの誰だか知らないけれど、だから必ず、あたしのために犯人を捕まえとくれ」

「見つけます」

　こう言って、不意にせつらは立ち上がった。ドアの方を見て、

「意外に早かった」

　失礼、と軽々とベッドを越えて窓辺に跳び移った。窓はパワー・ウィンドーである。それが見えない指がスイッチを押しでもしたみたいに開いた。

　茫然と見つめるスーラへ、茫洋と微笑して、

「刑事さんが来たようです。後はよろしく」

　言うなり身を躍らせた。

　ここが六階だと知っているから、スーラが悲鳴を上げて、視線に後を追わせたときには、世にも美しい若者の姿は、夢のような美貌にふさわしく、深い闇に包まれていた。

　用心していたつもりが、いつの間にか全身を椅子に縛りつけられて、ようやく右腕一本、手首から犠牲にして、左手でそれを拾い上げ、チタン鋼の爪に見えない糸を切り払わせた屍刑四郎が、屈辱と怒りにまみれ憤然と乗り込んできたとき、スーラは閉じ

た窓に向かって、夢みるような眼差しを向けていた。

せつらは、外谷良子の半分の体重しかなく、実力も半分だが、料金は十分の一の情報屋に連絡を取って、仲介屋・大村 某《なにがし》の住所と電話番号を訊いた。かけてみると、留守番電話が、用向きの客は今日の午前零時以降に来てくれと告げた。せつらを取り巻く時間は、十一時を少し廻ったところであった。

なおも喧騒に湧き返る〈靖国《やすくに》通り〉をタクシーを飛ばし、せつらは零時の二〇分ほど前に荒木町《あらきちょう》の小さなアパートの前に立った。

〈魔震〉以後の新築だが、粗末なモルタル仕上げは、名うての仲介屋の住まいにしては、侘《わび》しすぎる建物であった。

一階は借り手がゼロ、大村の住む二階にも、彼を含めて三家族しか入居していないと、情報にある。

二階の部屋からは二ヵ所明りが洩《も》れていた。ルーム・ナンバーからして、いちばん奥が大村のはずだ。

せつらは外の階段を上がった。

室内は静まり返っている。明りのついているもうひとつの部屋のドア前に、ラーメンの丼が二つ置かれていた。ここには、これからせつらが遭遇する事件とは縁のない人々がいて、時間が流れていた。せつらの美貌を、感慨のような物が過ぎた。

ナンバー・プレートに名前も記していないドアの前で、せつらは立ち止まりもせず、ノブに手をかけた。

明りがついてはいるが不在だと、階段の下から侵入させた妖糸が伝えている。つけっ放しで出かけたとしたら、うっかりしているのか、癖なのか。或《ある》いは——

ドアにはロックもかかっていなかった。或いは

——罠《わな》か。

ドアを開け、せつらは室内に入った。

狭い三和土《たたき》の向こうは八畳のダイニング・キッチン。生活臭はあるが、キッチン・テーブルの上は整《せい》頓《とん》されており、床にも汚れ物や食べかすは散らばっていない。流しもきれいなものだ。そういう性質《たち》なのだろう。

ドアを閉め、せつらは仕切りのガラス扉を開けた。

独身男の理想といいたくなるような、寝室が現われた。南向きの窓辺に、コンピューターの載ったテーブルが置かれた仕事場兼用である。東の壁際のベッドの他に、本棚やキャビネットがないところを見ると、ここはあくまで住居で、仕事場は別にあるのかも知れない。

静まり返った寝室で、せつらがぽつりとつぶやいたとき、チャイムが鳴った。


「大村はどこへ行った？」


大村は歌舞伎町の雑踏の中で、何気ない風に周囲を見廻した。〈魔界都市〉一の悪夢の歓楽街の賑わいに、昼も夜もないが、今夜はやや人影も数を減じているようだ。

おかげで尾行者は見つけやすいが、向こうもおれを見失わずに済む。痛し痒《かゆ》しだな。

今度の仕事が危《やば》そうだとは、勘がささやいていたことだ。

同じ勘が、恋人のアパートを出たとき、背すじに鋭い爪を立てた。凶報だ。

行きつけのバーへも寄らず、歌舞伎町の雑踏へまぎれる間に、襲撃を免《まぬが》れたのは奇蹟に近い。それとも、敵もこれが狙いだったのか。

無茶苦茶に歩いたつもりだが、背すじに食い込んだ爪は抜けなかった。

こいつは駄目だな、と〈新宿〉に生きる闇世界の男は判断した。敵はおれのDNA配列まで探り当てている。何処へ隠れても、いつまでかかっても追いすがり、心臓と脳の活動を止めるまでやめはしないだろう。

警察だ、と大村は決心した。もう六十の坂を越し、引退を真剣に考えていたときだ。いい踏ん切りになるかも知れない。死ぬまでに一度、〈区外〉で暮らすのもいいだろう。最期は結局、この街で迎えるにしても。彼は交差点で再び足を止め、これまでは少しも歓迎していなかった者を——パトロール中の警官の姿を求めはじめた。

そのかたわらをタクシーに混って一台のパトカーが前から通り過ぎようとした。

小さく、やった、と指を弾いて、大村は屋根に赤ランプを点《とも》した車へ駆け寄って、運転席の窓を叩いた。

ワン・ウェイ・ガラスの窓が下がって、制帽を被《かぶ》った四角い顔が、

「何だね？」

と訊いた。助手席にもうひとりいる。

「殺し屋に追われてるんだ。話したいことが山程ある」

「よし」

後部座席のドアが開いた。

「ありがてえ」

と頭を入れたとき、呻《うめ》くような声が運転席から上がった。

「〝凍らせ屋〟」

ハンドルを握った警官の、追いつめられたような形相《ぎょうそう》を、大村はバックミラーに見た。

その前に——もうわかっていた。

五メートルと離れていない真正面——道路の真ん中に立ち尽くす長身隻眼の人影を。身につけた服こ

そ四季の花に彩《いろど》られたほのぼの系だが、そこに惑わされると、鬼神や悪魔もそんな服を着るのだと、自らの身体で思い知る羽目になる。

言わずと知れた屍刑四郎だ。そして彼が出て来たばかりの店は、「パリジェンヌ」であった。

「そのまま動くな」

パトカーに限らず〈新宿区〉内を走る車輛は完全密閉である。ガス状の妖物を警戒しての処置だ。低く、錆《さび》を含んだ、しかし、若々しい声は、指向性マイクを通して車内に広がった。

「後ろの人――出たまえ。そいつらは偽警官だ」

その途端、大村にもわかった。パトカーは、テロリストや犯罪者の襲撃を怖れ、決して搭乗者が顔をさらすことはない。屍の声と同じくマイクで外部の訴えを聞き、やはり隔離してある後部座席へと収容する。

身を引こうとした瞬間、助手席の警官が上体をねじった。左手の武器は、すでに握られていたものだろう。

しゅっというガス圧発射の音と、冷たいものが耳たぶをかすめた刹那、警官は死体と化した。

〝ドラム〟の轟《とどろ》きは、破壊されたフロント・ガラスの射入孔を通してやって来た。

恐らくは、屍刑四郎を見た瞬間に死を覚悟したものだろう。運転手はためらいもなくパトカーを加速させた。

屍にもためらいはなかった。運転手の反応は、これまでに遭遇したおびただしい類似状況のひとつに過ぎなかった。

一発射ち込み、運転手の頭部を粉砕してから、彼は左へ跳んだ。

彼の右方を通過しながら、パトカーは炎に包まれた。自分の死骸と車から、捜査の手がのびるのを怖れた運転手が、着弾から死までの数百分の一秒間に成し遂げた自爆行為だと、屍には理解できたかも知れない。

炎の塊りと化した車体が交差点を斜めに突っ切り、風俗店が詰め込まれたビルの一階に飛び込んで、改めて爆発を起こしたときにはもう、〝凍らせ屋〟は通信モードにした腕時計でもって、メフィスト病院に新たな救命活動を要請し終えていた。

8

ドアを開けると、丸首のTシャツにパジャマのズボンだけをはいた丸顔の男が顔を出した。背に廻した右手には、何か物騒な品を隠しているにちがいない。

「あんた、誰だい？」

と部屋の中を見廻しながら訊いた。疑惑でむんむんするような眼差しが、せつらを見た途端、霞《かすみ》にぼやけてしまう。

「どなたです？」

とせつらが逆に訊いた。男はとろんとした顔で、

「隣りの者《もん》だよ……あんたが、留守の部屋へ入り込んだもんで……こそ泥じゃなさそうだが」

「はい」

せつらは「ライトアップ」で示した〈新宿警察〉のIDカードを見せた。屍が知ったら激怒し――では済むまい。せつらでも〝ドラム〟の咆哮《ほうこう》に追われるだろう。

「刑事《でか》さんか」

男はのろのろと背中に廻した手を戻した。コルトらしい小型のオートマチックを握っている。二五口径クラスの銃口からして、詰まっている弾丸は燃焼弾か炸裂《さくれつ》弾だろう。〈新宿〉の押し込みに、まともな弾丸で挑む〈区民〉はいない。

「丁度いいや。聞いてもらおう。ここの奴――少し

おかしいんだ」

男は三和土へ入ってきた。

「何して暮らしてるのか。いかにも暴力団みたいな連中が、何回も――」

男の声を、ドアの閉じる響きが断ち切った。

「あン？」

とふり向いてノブを摑んだ手に、スチールが灼《や》きついた。

「ぎえええええ――手が灼ける！」

男は右手を引いた。手の平の肉が剝《は》がれて骨がのぞいたのみならず、指が全部、第二関節から取っていかれた。ちぎれた肉がみるみる吸収されていくのを見て、男が悲鳴を上げた。

後じさった両足が膝まで三和土のコンクリートにめり込む。

新たな悲鳴を上げる身体がふわりと空中に浮いた。せつらの妖糸が巻き取ったのである。抱き寄せた膝から下はすでに失われていた。

壁も天井も硬さを失い、ゆるみ、波打ちはじめていた。電灯が点滅し、床と壁に明暗の絵図を交錯させてふっと消えた。

突如、家が食欲を持ったことを、せつらは看破していた。無機物をこのように変えることは、〈新宿〉に巣食うマッド・ドクターたちにとって、決して不可能事ではない。本来なら、彼もすでに呑み込まれているはずだ。平然と男を抱いていられるのは、地上にいなかったからである。

彼は宙に浮かんでいた。三〇センチほどの空中に張った妖糸の上に立っていたのである。

それこそ眼の前に、眼の下に、眼の上にある二つの獲物。飢餓《きが》に狂った天井も壁も床も殺気の渦を巻き、膨《ふく》れ縮まった。

天井には明らかに、巨大な口らしいくびれも走ったのである。

だが及ばない。

それらの牙は、せつらに届かず、部屋の正体を見抜いた刹那、ドアと窓から廊下の手すりと天井とに結んだチタン鋼の糸を溶かすこともできなかった。強引に付与された消化力の限界である。

無機物の飢餓状態を保持する限界はざっと三分。モルタル・アパートの一室という名の餓狼《がろう》の只中《ただなか》で、せつらはそれだけを耐え抜けばいいのであった。

「しかし、誰がこんな真似を」

と彼は蠢《うごめ》く壁へ、答えを得られるはずもない問いを投げかけた。

「誰があんな真似をした?」

青梅《おうめ》街道に隣接した〈新宿警察〉署の二階にある取り調べ室のひとつで、屍刑四郎は、大村に姓名、住所等の質問を終えてから、そう訊いた。かたわらには、井上《いのうえ》という名のハンサムな刑事が立ち合い、隅《すみ》のデスクでは理論派をもってなる笹川《ささがわ》刑事が、調書にペンを走らせている。どちらも、刑事には見えないが、そう判断してあの世に送られた悪漢《わる》どもは、合わせて二〇〇人を越えるはずだ。井上刑事が、尋問に際して、相手の顔を凝視する、ただそれだけで口を割った女性犯罪者は、その倍、笹川刑事にやり込められて論理的に破綻《はたん》し、自供に追い込まれた知的犯罪者もそれくらいいるという。

「ええ、さっきの奴らは十中八、九、天馬《てんま》興行が雇った殺し屋です」

と大村は答えた。

「天馬? ——一年くらい前に、〈区外〉から割り込んできた連中か?」

「ええ、〈新宿〉の興行権を自分のところで一本化すると、でかい口をたたいてましたが、既存の組も黙っちゃいません。この街のイロハを知悉《ちしつ》してると

こをまとめて相手にしたんじゃ、いくら〈区外〉の巨大シンジケートのバックがついてたって、どうにもなるもんじゃありません。でっけえ小せえじゃなく、世界が違うんですからね。で、天馬の社長の天《てん》馬緋鶴《まひづる》って女は、とうとう最後の手段に出たんです。〈新宿〉中のM《マッド・サイエンティスト》S、M《マッド・ドクター》Dを調べ上げて、絶対確実って殺しの手段を検討したんですよ。その結果、射止められた金的が、岳紫って奴でした」

「岳紫？」

と屍が隻眼を糸にした。記憶を辿っているのである。前科のあるMS、MDなら一人残らずインプットされている青色の脳細胞にも、その名はなかった。

「ご存知ないでしょう。徹底的に表へ出るのを嫌がる男でしてね。こいつが、少し前、人間に取り憑《つ》くや、あっという間に増殖する癌《がん》細胞を造り出したというんです」

「あっという間？」

「ざっと四、五時間で人間を殺せるそうですよ。簡単なノウハウさえ身につけりゃ、素人《しろうと》でも、もっと強力な——一時間かそこらでOKのが出来ると言ってました。人体に植えつけるのは、これがまた簡単で、その細胞の一部を水に入れて服《の》ませるなり、注射するなり、それも面倒なら直接、皮膚に触れさせりゃいい——と……」

屍のひとつしかない眼が、凄まじい光を帯びた。井上と笹川の表情に別人のような精悍《せいかん》さが加わる。どちらの右手も背広の内側へ指先を入れた。笹川のデスクの上でペンが倒れた。

三人——五つの眼が、左の頰《ほお》に手を触れる大村の、死人のような表情を冷厳に映し出した。

「あんとき——助手席の奴が、ここに何か……あれから、どれくらい経《た》ちます、屍さん？」

「ざっと一時間だ」

「医者へ——メフィスト病院へ連れてってくださ い！」

席を立って大村は絶叫した。それを単なる狂気や証言逃れと取らないのが〈新宿警察〉である。また、逃れのための演技を見逃したりはしない。

「すぐ手配しろ」

「了解」

と答えて、井上が腕時計を口もとへ持っていく。

「緊急出動だ。証人護送用の車を一台、正面玄関へ廻せ」

「来い」

と屍が顎《あご》をしゃくった。大村が応《こた》えて立ち上がった途端、〈新宿警察〉史に残る怪現象が勃発《ぼっぱつ》した。

まさぐっていた頬を両手で掻きむしるようにして、大村が尋問テーブルの向こうに崩れ落ちたのだ。


「どうした？」

駆け寄ろうとする井上と笹川を制して、屍が前へ出た。

テーブルの向こうから、大村の衣服を身につけた奇怪な塊りが盛り上がったのは、その刹那であった。

それが大村の成れの果てなのは、間違いがなかった。長径二メートル、短径一・五メートルほどの楕《だ》円《えん》形をした赤黒い肉塊——否、肉腫《にくしゅ》の塊りの上端には、まぎれもない彼の顔が残っていたのである。

「こいつは——一体？」

笹川が、呆《あ》っ気《け》、という表情になった。

はじめてではない。恐らくは、成人のほとんど全員が一度はTVのニュースか医療番組で眼にしたことがあるはずだ。ただ、こんな途方もない形で眼の前にさらされると、恐怖よりも驚きのあまり、正常な判断がつかなくなってしまうのだ。だが、それも一瞬――

「癌の化物《ばけもの》だ、射つな」

と屍が命じるまでもなく、同じ判断を下した二人はドアの外へと跳んでいる。

屍が腕時計に、

「こちらは屍だ。緊急事態発生。二階の取り調べ室8号に、至急、火炎放射器と大口径レーザーガンを持って来い。繰り返す。緊急事態発生――〈新宿〉の存亡に関わる」

他ならぬ屍の通達だ。署内全域が色めき立つどころか煮えくり返り、一〇秒とかけずに二〇名近い武装警官が、ドア前に集合した。

窓から逃げだすという心配はなかった。施錠したスチールのドアは内側からこちらへせり出し、きしみはじめていた。

レーザーを構えた隊員の胸に黒い小塊が吸い込まれ、胸部装甲《プロテクター》に弾き返された。ドアを留めるビスであった。

「まるで、横綱みたいな癌細胞だな」

と井上刑事がジョークをとばしたが、笑う者はない。

静寂と緊張の凝視がドアに注がれ一秒――二秒。

ドアが倒れかかるより早く、内側から醜悪吐色の塊りが廊下へ溢れ出た。レーザーと火炎放射器担当がひとりずつ呑み込まれた。

ごお、と炎が表面を包んだ。肉を焼く異臭が部屋中へ広がる。朋輩《ほうばい》が呑み込まれるのを見た火炎放射器担当は、必殺を期し炎を送りつづけた。

いきなり、そいつは彼めがけて転がった。いかに迅速な動きであったか、火炎放射器担当は、声もなく吸収された。

大口径レーザーが集中しても、一部を灼き抜くだけで、致命傷とはいかない。次々に増殖する癌細胞の戦慄的な特色を、そいつは備えていた。一部分が焼却されても、新たな細胞が再生するばかりか、見よ、呑まれた人間は、妖しい影となってその体内でのたうち、〈新宿警察〉の猛者が為す術《すべ》もないまま吸収されていく。

「手が出ねえぞ、こいつは！」

声が上がった。

「丸ごと殺さなきゃいかん。ちまちま焼いても手が出ねえ」

怒号の中を、

「みな退《さ》がれ——まかせろ」

鋼《はがね》のような響きが一同の動きを決めた。

整然たる軍隊のごとく、刑事たちが一斉に姿を消した廊下に、声の主だけが奇怪なる肉腫と相対した。

「来な」

屍は昇降階段に片足をかけて手招いた。

肉塊は前へ進んだ。確かに二本の足らしきものがある。腕といえば、そうも見える突起もついている。何よりも大村の、能面にも似た顔が健在だ。

屍が階段を上がると、それも、毒々しい肉腫の足を段にかけ、ゆっくりと後を追いはじめた。

ふたりが屋上へ出るまで二〇分ほどかかった。

「こちらは署長だ」

と屍の耳孔にはめられた通信器《トランスミッター》が震えた。

「区長もそばにおられる。何か〈新宿〉の存亡に関わる事態が生じているらしいな」

おとぼけが、と屍は吹き出したくなった。この署長くらい、自分を無能に見せたがる実力者はいない。〈区長〉の梶原《かじわら》がまたひと癖ある人物だからだと、屍は思っていた。有能な人物は有能な人物に愛されるが、有能過ぎれば出る杭は打たれる。

「おっしゃる通りです。ひとつ間違えば〈新宿〉は癌だらけになります」

「癌？」

「ですが、何とかなります。すでに〈区民〉の協力を要請いたしました」

「〈区民〉？　――まさか、一般市民を危険にさらすような真似をしようというんじゃあるまいな？」

「ご安心ください。――すべては滞《とどこお》りなく解決の方向へ向かっています。これ以上の犠牲は必要ありません」

「こちらは〈区長〉の梶原だ」

いきなり耳の中の声が変わった。

「いまの言葉に嘘はなかろうな。わしは〝凍らせ屋〟を信じるぞ」

「おまかせください」

こう言って一方的に通信を切ってから、すでに五メートルの距離まで近づいた肉腫を観察しつつ、おれの有能さはどれくらいかと、屍は少し悩んだ。

彼は頭上を見上げた。

月が出ている。満天の星だ。

「いい月夜だなあ」

思わず口を突いた。生き残った彼の敵が、ことごとく指摘する〝凍らせ屋〟の最も怖ろしい点は、こいれだ。

大村だった肉腫生命が、ふと足を止めた。三メートル。向きを変えようとする。

「こっちだよ」

屍の右手が無造作に電熱と火線とを放った。

親指ほどの射入孔が六個、同時に開き、たちまちふさがった。弾丸は貫通しない。

足の位置を戻し、肉塊は屍をふり返った。また歩き出す。

二メートル。

一メートル。

屍は動かない。気死でもしたのか、狙いをつけた〝ドラム〟も微動だにしないのだ。

空中から、白い華麗な花が舞い下りてきたのは、そのときだった。

最後の瞬間まで、大村だったものは、頭上から迫り来る世にも美しい死に気づかず終《じま》いだった。

9

人の形をした花は、音もなく肉腫の背後に膝も曲げずに着地してのけたのである。

いま、夜風にケープを吹きなびかせつつ立った白い人影は、ただひとり西新宿のせんべい屋に匹敵する美貌の主と、〈魔界都市〉の万人が認めた男——ドクター・メフィストに相違ない。〝凍らせ屋〟が協力を依頼するにふさわしい民間人ではある。屍だけが、右の繊手に一本の注射器を認めたが、その目的はたちどころに明らかになった。

巨大な癌細胞は、腕のような突起で喉をかきむしり、激しい痙攣《けいれん》に身を委《ゆだ》ねつつ横倒しになった。汚《お》怪《かい》な肉体は色褪《いろあ》せ、縮み、瘤《こぶ》だらけの輪郭までも秒刻みで消滅していく様は、月光による狂気のせいかとも思われた。

凄惨な変貌——乃至《ないし》復活を眼のあたりにしながら、

「助かりました。ドクター」

と屍刑四郎は言った。さすがに、感嘆の響きがある。

「間に合って何よりだ」

メフィストのほうは、足下の変身にさしたる興味もなさそうであった。

状況によっては死者すら甦《よみがえ》らせると言われる〈魔界医師〉にとって、注射一本で根治可能な悪疫など、その数千数万倍も凄まじい現象からすれば、平凡な一症状に過ぎぬのかも知れない。

「どうやって、ここへ？」

屍の問いに、

「無音ヘリでこの上空へ。後は降下しただけだが」

パラシュートも携帯ロケットも無しだ。

「降下しただけねえ」

屍のつぶやきが届いたかどうか、明らかに月光さえもそのかがやきを失いつつある白い医師は、

「銃声が役に立った」

と言った。着地点の確認に、であろう。

「こいつが、何かに勘づいて逃げ出そうとしたもので、ちょっかいをかけてみたんです。他のお役に立ったのなら良かった」

屍の声は、床から立ちのぼる弱々しい呻《うめ》きに中断された。

肉腫の塊りは、植えつけられたそれに何もかも吸い取られ、文字どおり骨と皮だけのミイラと化していた。

「仇を……仇を討ってくれ……〝凍らせ屋〟。天馬の……女ゴロに……」

「わかった。まかせておけ」

「……頼んだ……ぜ」

引きつるような断末魔の顔が、笑いというにはあまりにも凄惨な表情をつくって、大村はこと切れた。

月光の下の死を静かに見下ろしながら、

「お願いできますか？」

と屍は白い医師に訊いた。

「試してみよう」

「ひとつよろしく」

隻眼が異様な光を放っていた。

「癌で死んだマッサージの婆さんがいたな」

と〝凍らせ屋〟は低く言った。その声と表情だけで、彼は〈新宿〉の犯罪者を震え上がらせて来たのだった。

「岳紫というMD、ドクターの病院で世話になってる百沢《ももさわ》ナツというのが恋人、婆さんを殺した背後に

は、どうも天馬興行が動いているらしい。せつらよ、おれのほうがひと足先に真相を探り出したようだぞ」

せつらの名を耳にしたメフィストが、〈魔界刑事〉の精悍な横顔をやさしく一瞥した。

患者の欠損した肉体の代わりになるべき健康人の器官。それを愛しげに見つめるときの眼差しに似ている。

「何てえ眼で見るんだ？」

荒木町にある大村のアパート近く――飲み屋や中華料理屋が何軒か固まったうちの居酒屋の座敷で、ハイエナこと沓掛譲一郎はテーブルをはさんだ世にも美しい顔へ、眼を閉じてから歯を剝《む》いてみせた。

テーブルの上には冷えたビールと日本酒の他に、大量の肴《さかな》が盛り上げられているが、大トロ、中トロ、鮑《あわび》や雲丹《うに》にイクラを山と積んだ船盛りは、テーブルの反対側の相手――秋せつらの美貌にイカれた店の女将と主人のサービスだ。

ちらほらいる客も、二人ばかりの女店員も、すでに眼は虚《うつ》ろであった。

「僕を狙ったのは、君だ」

とせつらは、冷たいウーロン茶のグラスをひと口飲《や》ってから、静かに断言した。

「歌舞伎町の『パリジェンヌ』でスーラさんと待ち合わせていたら、シャボン玉が襲ってきた。僕の後は尾《つ》けられなくても、自分で会わせたスーラさんを尾けるのは簡単だ。それに君は僕が岳紫の部屋でシャボン玉と会ったことも知ってた」

「まあね」

にやりと、意味ありげに笑って、ハイエナは猪口《ちょこ》を干した。

「けど、誓ってもいいが、『パリジェンヌ』の一件にゃ、おれは無関係だよ。調べてくれてもいいが、そんときゃ、新大久保で別の人間を調べてた」

「どうして、大村のアパートへ来た？」

とせつらはつづけた。三分間の食欲増進期間を終えて、尋常に戻った大村の部屋から、アパートの玄関へ出たとき、沓掛と出くわしたのである。大村の隣室の住人を、近所の病院へ運んで名前も告げずに去ったせつらを、さて、一杯やりながら話でも、と誘ったのは沓掛であった。せつらを尾行していず、或いは偶然だとしても、単なる腕利きルポライターの地道な調査の成果とは言い難い。

「そりゃ、あんた——」

と抗弁しかけ、彼はまたにやりとした。

「ま、これ以上、頰っかぶりしてると、ますます疑いを持たれるばっかりだろう。種明《たねあか》しをしてやるよ」

「してやる？」

のんびりした声に百戦錬磨のルポライターはぞっとした。

「させていただきます、はい」

沓掛はせつらに広い背を見せた。

「これで後ろ向きだ。何なら目隠ししてもいいが、そこまでは必要ねえさ。おれに見えねえと思うものを見てごらん」

せつらは右を向いた。

カウンターのそばに立つお下げの女店員と、その向こうの女将と主人——みな、せつらが顔を向けた途端、頰を染めてよろめいた。主人は五十半ばのいかついもと漁師だ。

「お下げの姉ちゃん、耳と瞼《まぶた》に真珠のピアスをしてるな。女将は——おやおや、せっかくつまんだお造りの鮪《まぐろ》を落っことしちまったじゃねえかよ。主人は——おい、燗《かん》のつけ過ぎだぜ。こりゃ、早く出たほうが良さそうだね。あんたといると、この店、ひと晩で崩壊しちまいそうだ」

「どうしてわかる?」

　とせつらが訊いた。沓掛が動いていないのは、横目で確かめてある。

「出《で》羽《わ》三山《さんざん》の山岳呪術《じゆじゆつ》じゃ〝移し眼〟——もとは道教《どうきよう》のほうの妖術で〝天憑眼《てんひようがん》〟てのさ」

　沓掛は得々と解説した。

「おふくろの話によると、これは遺伝で授《さず》かるものらしいが、すると家《うち》は古代中国の道士の血でも引いてたってことになるか。もっとも、隔世遺伝より何倍も確率は低くって、何代も絶えた後に、兄妹全部が授かるって場合もあるらしい。おれが、はじめて会ったとき、あんたの眼ん中をじいっと覗《のぞ》き込んだのを覚えてるかい?　あれでかかったのさ。岳紫の部屋であんたの身にふりかかったことも、あんたが誰と会って何を話したかも、あれ以降、その気になりゃあみいんなわかるんだぜ。おっと安心してくれ。おれぁ、こう見えても紳士だからな、あんたのトイレの回数なんかに興味は——ぐえぇ」

　肉を食い破る寸前で妖糸を止め、せつらは激痛のあまり硬直したハイエナに、そっと耳打ちした。

「今すぐ、君の眼をまともに戻したまえ」

　脅しも何も言わない。それだけにこの若者は怖ろしい。

「わかっ……た」

　すり切れるような声で喘ぎつつ、沓掛は夢中で首をうなずかせたが、うまくいったかどうかはわからない。

　不意に痛みが退《ひ》いた。それがあまりに速いせいで、沓掛は失神しかけた。かろうじてこらえて、両手をテーブルについて身を支えながら、

「ありがてえ。あんた、やさしいねえ。——お礼のしるしに、いいもンサービスさせてもらうぜ。歌舞伎町行こう、カブキちょー」

沓掛のブルー・バードで目的地に着くと、月極めの駐車場へぶち込んで、彼はせつらをとあるビルの前へ導いた。

マッサージ・パーラーのネオンが、ピンクに燃えている。

せつらは、あれ？　と言った。見覚えがあると思っていたのも道理、ネオンの描き出す店名は、「福《ふく》満《まん》」とあった。

せつらは気がつかなかったが、ルポライター殿は顔らしく、カウンターで、よおとひと声、マネージャーは最敬礼で迎えた。

「中森の婆さん、気の毒したな」

「全くです。もう警察もおりません。どうぞ、ごゆっくり」

沓掛は二人の源氏名《げんじな》を伝えた。マネージャーは伸びをして後方のせつらを眺め、沓掛に何事かささやいた。

彼はにやにや笑いを浮かべながら戻ってきて、

「面白えな。おれの指名の子も今日は休みだが、中森の婆さん、自分が引退した後、あんた用に弟子を育成してあったらしいぜ。あんた、年増好みなんだな」

何かしみじみと、美しいマン・サーチャーを見つめたのであった。

「いたたたたたた」

苦痛の声も何となく寝惚《ねぼ》けているみたいな美貌を、沓掛はしげしげと眺め、

「相当にきついらしいね。ま、これだけレベルが違うんだ、観念しなよ」

と、うつ伏せのベッドの上で嘲笑した。

無理もないと誰でも納得するだろう。般若《はんにゃ》みたいな形相で彼の背を揉む女は、さして広からぬ二人部屋の大半を占めていそうなでぶ女なのに対して、せ

つらの腕をひねっているほうは、鄙《ひな》にも稀《まれ》な美少女だったからである。しかし、腕のほうはどうやら互角らしく、沓掛は美女がついたせつらへの意地で頑張っているにすぎないが、せつらの悲鳴も途絶えそうにない。

そのたびに、少女は、ごめんなさい、済みません、と詫《わ》び、せつらが、いいですよ、と言うのも手伝って、いっかな替わろうとは言い出さぬのであった。

それでも、十何度めかのいてててにはさすがにまいったらしく、

「あたし下手《へた》でしょ。ごめんなさい、もう少し我慢してください」

と言い出したものだ。

「いいえ」

とせつらは返した。沓掛がぎょっとしたのも無理はない。返事は、そう、こころがこもっていた。

「よく効きます。あなたは中森さんの揉み方とそっくりだ」

10

美少女は片手を口に当てて息を引いた。

「良かった」

と洩らした眼に、光るものがあった。

「あたし、お店に入ったときから中森さんに随分厳しく躾《しつ》けられました。はじめてだったし、お店から前借りもしてたから従うしかなかったけれど、毎日、泣いたり、怒ったり、取っ組み合いの喧嘩もやりました。でも、中森さん、あたしよりツボに詳しくて、ちょっと押されると痺れちゃうんです。悔しくて泣くと、あの人こう言ったわ。あんたもあたしの言う通りにしていれば、あたしみたいになれる。おかしなことしてきた男を、指一本でダルマさんみ

たいに転がせるし、筋肉や腱の痛みで苦しんでる人がいたら治してやれる。それがあんたの好きな人だったらと考えてごらん。あたし、こう聞いたときに、この人みたいになろうって決心したんです」

せつらは黙って耳を傾けている。

「あたしがそう言うと、中森さん、別人みたいなやさしい顔になって、そうかい、そりゃ良かった。一から教えてあげるよ。だけど、あたしはもう長くない。ひと月で丸ごと覚えるんだ。五〇年間かけてあたしが学んだことをひと月でだよ。楽じゃないからね——本当に楽じゃなかった。地獄でした。でも、何とかなったんです。最後の日に中森さん、あたしの顔をじっと見て、こう言ったわ。よく頑張ったね。教えることはもう何にもないよ。でも、ひとつだけ、約束して欲しいことがあるんだ。あんたに大事な人を助けてやれるって言ったけど、あたしにも気になる男《ひと》がいるんだよ。あたしがいなくなれば、きっとその人は困る。だから、あんたがあたしの代わりをしておくれ。その男が来たら、絶対他の娘《こ》に揉ましちゃいけない。あんたがあたしの技を伝えるんだ。中森さんみたいな人にここまで言わせるのは、どんな男の人かと、あたしずうっと考えてました。やっと中森さんとの約束が守れたわ」

小さな光が娘の頬を伝わった。

「姐《ねえ》ちゃんよ——うおお——その中森さんとやらは——げげ、ひとり暮らし——だったのかい？」

苦痛に顔を歪めながら、沓掛が訊いた。でぶ女が腰の上にでかい尻を乗せて、ぐりぐり動かしているところだった。

「お子さんがいたって聞いたけど、みんな死んじゃったらしいですよ。それくらいしか知りません」

「だってよ、〈新宿〉一のマン・サーチャー。依頼人の身元は、も少し詳しく調べるべきじゃねーの」

沓掛の〝天憑眼〟が、せつらの眼にしたすべてを自分の映像として取り入れるのなら、典子《のりこ》のことを当てこすっても不思議はない。

だが、ハイエナの得々とした表情は、せつらの次のひとことで粉砕されてしまった。

「依頼は受けていない」

「なに？」

「僕は勝手に動いた。そろそろ潮どきかもね」

「おい、あの婆さんの娘とかいう女に、依頼はもう受けたって言ったのは、じゃあ何だ？」

「嘘も方便だね。あのときの依頼は邪魔だった」

「じゃあ何か。好き勝手に事件に首を突っ込んでみたが、もう飽きたからいち抜けたってわけか？」

「どぎつい言い方はやめたまえ」

「何がやめたまえだ、莫迦野郎《ばかやろう》。おれのスクープをどうするつもりでいる？　あれからおれもひとりで調べてみた。マッサージの婆さんが死ぬの生きるのじゃねえ。一世一代の大スクープになりかねねえんだ。おれのにらんだところ、この件にゃ、〈新宿〉の全興行権が絡んでる。〈区外〉から来るばかりじゃねえ、〈新宿〉から〈区外〉へ繰り出す興行の権利が、どれほどの利益を生むか、あんた知らんわけじゃねえだろう」

〈区外〉からもたらされる興行といえば、プロレス、相撲、ボクシングその他の格闘技をはじめとして、内外のアイドルや売れっ子歌手のリサイタル、バレエ団のオン・ステージといった、ごく常識的なものである。それに対して、〈新宿〉から〈区外〉へ進出するプログラムとなれば、妖物や超人同士のトーナメント式格闘試合。ひとつで、十億単位の利益が興行主の懐《ふところ》に入る。目下のところ、「新宿中央興行」、「有田《ありた》輸出入センター」、「廃墟復興グループ・大道組《だいどう》」の三つが権利を分割しているが、お互いの権利を狙って陰で暗躍中なのは言うまでもなく、じき、〈区外〉のみならず、世界を相手に大興行を打つという話もあって、血で血を洗う大抗争の予感に、警察と一般市民は緊張し、しかし、それなりに胸をときめかせているのだった。

「そうか、わかった」

とせつらは眼を閉じて言った。

「天馬興行だな」

変わらぬ茫乎《ぼうこ》とした声である。それなのに、少女と沓掛ばかりか耳もとで爆弾が炸裂しても気にしないようなでぶ女までが、静寂の刃《やいば》に斬りこまれたみたいに沈黙し、動かなくなった。

「お嬢さん」

とせつらは娘を呼んだ。

「はい」

「雇うつもりはあるかな――私を？」

「え？」

娘は怯《おび》え切った声で応じた。そのくせ、何が怖いのかわからない。

「中森さんを殺した犯人を捜し出すために、だ。いいや、この私を狙った奴を」

せつらの口が開くたびに、部屋は冷えつき、居合わせた三人の血液は凍りついた。

娘は何もわからなくなった。ただ、いま手の下にいる美しい若者の申し出を拒絶してはならなかった。

「雇います――あなたを」

「承知した。後は連絡を待ってもらう。住所と電話番号を書いてくれたまえ」

「わかりました」

「あんた」

と沓掛が話しかけてきた。

「あんた、本当にさっきまでの秋せつらかよ？　まるで別人だ。顔形《かおかたち》はそのまんまで、中身だけ違ったような。なあ？」

声をかけられたのが自分か、せつらの担当かもわからず、でぶ女は必死にうなずいた。とにかく肯定しなくては、美しい若者に何をされるかわからない気がした。

「いえ――違います」

きっぱりと力強い声が断言した。凍《い》てつく冬の空気を夏に戻したのは、娘のその声であった。

彼女はやさしく、せつらの背中を見つめて、

「この人は同じです。中森さんだって、きっとそう言うわ。ちっとも変わっていません。あの人に教えられた私の指がそう言っています。中森さんが誰より大切にしていたお客さんは、この人です」

沈黙が落ちた。

街の何処かで、物憂《ものう》げなサックスが「FAREWELL MY LOVELY」を奏《かな》でていた。

沓掛が言った。

「よくわからねえが、羨ましい男だな、あんたは。夢の中でも、もててもてて仕方がねえだろうな」

「だといいけどね」

沓掛と二人の女の頭上に、⁉マークが点《とも》ったようであった。

「よく教えてくれた。明日、僕は天馬興行の社長と会ってくるよ」

「待ってくれ」

と、沓掛が異議を唱《とな》えた。

「明日いちにち、延期して欲しいんだ。ちょっと、念には念を入れて調べたいことがあるんでな」

「スクープは早いほうがいいんじゃないの？」

「今回に限って、おれの取材が遅れた。正直、あんたが乗り出してくれるた思ってなかったんでな」

「ん？」

「いや、何でもねえ。おかげで、おれは動き易かったってことよ。とにかく、一日だけ頼む、このとおりだ」

気を入れすぎて、彼は額をベッドに激突させてし

まった。

軽い抵抗を示して閉じた歯の間に、生ぬるい舌がねじ込まれると、女はすぐに陥落の様子を見せた。

舌と一緒に大量の粘液が流れ込んでくる。男の唾を女は一気に呑み干した。

「うまいか？」

と訊かれた。

「おいしいわ」

男は満足して、本格的な行為に取りかかった。

男の唇は乾いていたが、舌はたっぷりと唾液を含んで、丹念に腋の下を這った。

女は期待を喘ぎに乗せた。そこから乳房への官能線《ライン》と、脇腹に沿って腰までかぶりついていく行為とが、女の好みだった。

七十を過ぎた男の愛撫はひたすら執拗《しつよう》だったが、時折り、女の乳房や尻の肉を舐め廻し、歯を立てるときの浅ましくも獣じみた表情が唐突に浮かび上がる以外は、舌と指の動きはさすがに巧緻《こうち》を極め、女を熱泥の官能地獄に沈めた。

「どこがいい？」

と尋ねられ、

「あそこが、あそこが」

と答えるのは、男を歓ばせるためで、

「はっきり言え」

と命じられるや、女は思いきり卑猥な言葉を痙攣《けいれん》とともに吐き出して男の指に熱くとろける限りを尽くさせようとした。

男の動きは、十二分にその望みに叶うものであった。

「何処でこんな——」

と女は広いベッドから上体をずり落ちさせて叫んだ。さらけ出した喉と毛を剃っていない腋の下が男に与える効果を充分に計算に入れている。

「何処で習ったの？　こんな凄い指使い？」

「この近くにある〈魔法街〉の一軒でだ」

　男は女の白い腹に思いきり食らいつきながら答えた。食いちぎらぬよう加減するには、かなりの努力を要した。

「この指使いも嚙み具合も、ケニヤに伝わる古代原魔術の中の一技法だ。一万年も昔、それを教えてくれた魔法使いの祖先たちは、こうやって、荒れ狂う野獣たちを殺し、或いは飼い馴らしたのだ。Mの気が強いおまえには、良すぎて内臓までおつゆと一緒に流れ出してしまうだろうが」

「ああ……そんな……獣相手の汚らわしい術をあたしに？　この変態」

　男が女にのしかかり、二人はベッドから落ちた。床の上という場所がまたこの奥深い煩悩を燃え立たせた。

　声もなく、熱狂的な意思に突き動かされて、八本の手足が絡み合おうとしたとき、ベッドサイド・テーブルの電話が不粋《ぶすい》な音をたてた。

「畜生め」

　男がののしってから、受話器に耳を当てた。

　数秒の間を置いて、

「なに？」

　切れ長の形の良い眼が、ただならぬ光を湛えて女をにらみつけ、

「おまえにだ。——兄貴からだとよ」

とコードレス・フォンを、全裸の女の胸へ放り出した。


〈早稲田《わせだ》通り〉と〈明治《めいじ》通り〉の交差点近くにそびえる廃墟で、二つの影が対峙《たいじ》したのは、それから約二時間後、午後四時ジャストであった。

　二本の通りのどちらからも二〇メートルと離れていない場所なのに、マンションの外殻《がいかく》だけを残した

敷地内に入るや、あらゆる音が遮断される。〈新宿〉の廃墟に珍しい現象ではなかった。〈第一級安全地帯〉に認定された高田馬場から早稲田一帯にかけては、危険な妖物や死霊の棲息する廃墟は多くないが、多少の怪異や奇現象が付随するのはやむを得ない。概して、どこも冷たいので、夏の会合にはうってつけかも知れない。

だが、いま、コンクリートを剝《む》き出しにしたマンションの残骸をかたわらに、青草が風にゆれるアスファルトのエントランスで向かい合った男女の間には、その冷気さえ雪の結晶に変わってもおかしくないような殺気のみが張られていた。

「久しぶりだな」

最初に口を切ったのは、ファンキー・ハットによれよれの背広とネクタイ、無精髭《ぶしょうひげ》も伸び放題なのに、どこか若い肉食獣を思わせる印象の中年男であった。

夕暮れ近い夏の陽射しに容赦はないのに、どちらも汗ひとつかいていない。

「そういえばそうね」

と女が答えたのは、たっぷりと一〇秒も経ってからである。相手が兄とは到底思えぬ秋霜《しゅうそう》のごとき無感情な口調であった。

「離れ離れになって、もう十×年だ。せつらの眼を通したおまえを見たときには、ひどく懐かしかったぜ」

「そう」

「だから後も尾けたし、あれこれ調べさせてももらった。おめえが天馬の社長とできてるとは思わなかったよ。おかしなシャボン玉飛ばす技を心得てるとわかったときにゃ、もっと驚いたけどな。岳紫の部屋でせつらを狙ったのも、『パリジェンヌ』で何人かに血反吐《へど》を吐かせたのも、みいんなおまえの仕業だ。そうだな?」

「大当たり――と言って欲しいのかしら?」

ようやく口元に、実の兄に対する嘲笑としかいいえぬうす笑いを浮かべた女は、中森典子であった。

11

同じ頃、せつらのもとへ宅配便が届けられた。

それを開くと、写真用の紙ケースに収められた数葉のサービス判が現われた。折り畳まれた便箋に、中森久代《ひさよ》さんから生前、送るように指示されていた遺品です、とあった。差し出し人は「福満」のマネージャーである。

写真はすべて、若い頃の久代と、昔死んでしまったらしい子供たちを撮ったものであった。子供は二人いた。

娘は父親に、息子は母に似るといわれるが、この二人はまさしくその逆を行っているとしか思えなかった。だから、せつらにもわからなかったのだ。

「肩入れするわけだ」

と、せつらはつぶやいた。

「依頼主でもないから糸も巻いとかなかったけど、一日で片づく争いかな」

写真の中から、若々しい久代と二人の子供たちは、〝誰にも訪れる人生のかがやける瞬間〟を満面に湛《たた》えた笑顔を投げかけていた。

男の子は、どう見ても、沓掛譲一郎に間違いなかった。


「おまえも、おれと同じ〝天憑眼〟を使って、せつらの行動を監視することができた。もうちょっかいを出すのはよせ。彼は、おふくろを殺した犯人を追ってるんだ」

「あんたに乗せられてね。莫迦な奴」

実の兄を、典子はそう呼んだ。せつらのもとを訪れたときの、憂いに沈んだ面影は、無機質の仮面を思わせる表情の何処にも見当たらない。

「莫迦はおまえだ」

沓掛は気にする風もなく片手をふった。熱い眼差しを宙に這わせて、

「〈新宿〉――って呼び名は伊達《だて》じゃねえ。あれが他人の意思で動く男かよ。あそこまでやってくれたのは、彼自身の意思さ。おまえも、『パリジェンヌ』でやめときゃ良かったもんを、大村の部屋にまで仕掛けなんざするから見ろ、奴《やっこ》さん、本気になっちまった」

「…………」

「おれの見たところ、他にも理由はありそうだが、ま、いい。もう取り返しはつかねえぜ。正直、おれも最初はうまく乗せたと思ってたんだが、途中から後悔しちまったよ。ありゃおれたちと同じ〈区民〉でもねえ。人間の形をした〈新宿〉――〈魔界都市〉そのものさ。おれにもおまえにも、ひょっとしたら災いしかもたらさねえ男なんだ」

「ごたくはそれくらいにして。――何の用？　あたしが母さん殺しの片棒を担いでいるとでも言いたいの？　だから、足を洗えって？」

「いいや」

と沓掛はかぶりをふった。

「おまえは承知でやっちまった。今更、おふくろを回向《えこう》しろだの、後悔だの言ってもはじまらねえ。ただ、これだけは言っとく。おふくろが心底、可愛がってたのは、おまえのほうだったんだぜ」

「重荷だったわよ、あたし」

典子は肩をすくめた。どこかさばさばした動作だった。

「ほんっと、あの母《ひと》、押しつけがましかったもの。いい娘だいい娘だって、頭を撫でられるたびに嚙み殺してやろうかって思ったわ。それを言うんなら、

あんたのほうに感謝してるわよ。私が陰でやってたこと、みぃんなひっ被ってくれたもの。あれは、母さんをがっかりさせたくなかったから？」

　夕暮れ近い空の下で、鬼女のような笑みを、凄惨《せいさん》な表情が迎え討った。

「〝天憑眼〟同士が戦えば、何が起こるかわかってるな？」

　典子の顔色が変わった。

「どちらの眼もつぶれる。相討ちよ。でも、私の〝煙塊鬼《えんかいき》〟に匹敵する技をあんたは持っていて？」

「ああ。おまえが想像もつかねえ奴をな。おれの綽《あだ》名《な》を聞いたことあるかい？」

「ハイエナって奴でしょ。見掛け倒しよ。あんたはいつもそう。昔も今も」

「全くだ」

　声と同時に沓掛の眼は真紅に燃えて妹を見据えた。逃れるようにそむけた顔が、しかし、流れる血に引きつけられでもするみたいに向き直り、これも紅くかがやく瞳が沓掛のそれと深く激しく覗き合った刹那、二人の眼球は弾け飛んだ。

　沓掛はこらえたが、典子は絶叫を放った。

「眼が、眼が」

　のたうつ血まみれの妹へ、

「知ってておふくろを見殺しにしたばかりじゃねえ。仇の片棒まで担いだ罰だ。まだ終わらねえぞ」

　とこれも顔中を朱色に染めて、沓掛は哄笑した。

　無論、彼には見えなかったが、このとき、典子は地を這いながら口を開いたのだ。半透明の気泡はそこから吐き出された。

「そいつを——食らい尽くせ」

　製造者の命令を理解する機能は備えているのか、蒼い空気を染める光にきらきらとかがやきながら、十数個のそれは音もなく沓掛に滑り寄っていく。

　不意に風を巻いて沓掛はもと来た方角とは逆へ

——廃墟の奥へと走り出した。〝煙塊鬼〟の気配を、〈新宿〉の闇世界に生きる男の勘で察したのである。

瓦礫の間を縫っていく確かな足取りは、前もって立体《3D》CG地図《マップ》で調べておいたか、典子と会う前に確認しておいたのか。いずれにしても、距離的に見てずっと脱出し易い大通りの方へと逃げぬのは不可解としか言いようがない。

廃墟を囲む鉄条網の隙間を抜け、細長く複雑な路地へ入っても、その足に不安はなかったが、ついに、おびただしい東洋風の建物が建ち並ぶ敷地の入口で、きらめく球体は標的に追いついた。

肩に頬に胸に吸いついたそれを、もはやどうすることもできぬと知ったとき、沓掛は何とも奇妙な叫びを一閃《いっせん》させた。

「おれは、秋せつらのポン友だあ」

その頬も肩も溶け、胸にはぽっかりと穴が開く。それは怪異な瘤《こぶ》に貪《むさぼ》り食われる人間の断末魔のように見えた。

何処からともなく風を切って飛来した何かが、犠牲者の全身にとまった球体を貫いて破壊し、黒い鏢《ひょう》と化してアスファルトの地面に突き刺さったのは、沓掛の動きが停止した数秒後のことであった。

当然、猛毒が大気に混ざる。その中で、忽然と現われた数個の影のうちのふたつが駆け寄り、まず鼻口をふさいでから、彼を運び去った。

もうもうたる無色無臭の毒煙の真っ只中に、影たちは平然と立っている。

「助けたな?」

頭上から声が降ってきた。影たちはふり仰ぎ、地上五メートルほどの高みに滞空する青い姿を見た。

「ご安心を」

と影のひとつが答えた。

「秋さんの名前を呼ばれては、我らが駆けつけずにはいられぬと知っていたか。さて、何者か?」

その綽名《あだな》どおり、自らの惨状を見越して、戸山《とやま》町近くの廃墟に妹を呼び出し、ついには彼の一族をも引きずり出した無頼漢が、住居の方へと運ばれていくのを見遣《みや》ってから、夜の一族——吸血鬼団の若き首領は、その故郷の古《いにし》えの夕暮れどきを思わせる深沈たる黙想にふけるがごとく、両眼を閉じたのであった。

見えぬ眼で〈明治通り〉の方角へ出ようと焦り狂っていた身に、あっさりと救いの手がのびた。敷地の外から屈強な男たちが駆けつけて、用意してあった車に典子を乗せるや、そのまま「天馬興行」のビルに直行したのである。

車の中で痛み止めを射たれ、力を失った身体は、典子の予想に反して荒々しく男の前に引き据えられた。

「ひどい目に遭ったようだな」

野太い声が笑った。嘲笑であった。かろうじて怒りを抑え、子分を配備してくれた礼を言った。

「でも、もう少し早く出て来てくれれば、眼をなくさなくても済んだわ」

「彼らには、おまえが死んだら出て行くよう命じてあったのさ」

典子は茫然となった。

「おまえの兄は綽名どおりの奴だった。陽の下にさらしてはならんおれの過去を幾つも知り抜いていた。今日の電話の前に、何度か接触はあったのさ。奴は資料の一部と写真とをメールで送ってきた。まとめて一〇億プラスおまえが要求されたよ。もちろん、OKしたさ。どうして奴を始末しなかったかわかるな。あいつが死ねば、資料はすべて〈新宿警察〉の刑事課——屍刑四郎さま宛てにメールされる。それだけは避けなくちゃならん」

「なら、どうして子分を張り込ませたの?」

「おまえが殺《や》られるのを確認するのと、あいつを殺さねえようにさ。本当のところは、おれがおまえを始末すると申し出たんだが、奴は自分でやると言って聞かなかった。こうなると、おれの心配は、おまえが生き残ってあいつが殺られちまうって番狂わせだ。いや、おまえの実力からすりゃあ、予想通りともいえる。こいつらは、おまえを片づけるために派遣したんだよ」

「よくも……よくも……そんな真似が……」

典子の全身から怒りのオーラがふくれ上がって天井と壁を焼いたが、居並ぶ男たちは痛痒も示さず、

「あいつが戸山団地の吸血鬼どもに救出されたのはわかってる。今度はおれがおまえを使って、あいつの資料を手に入れてやるとも。生命を拾ったわけがわかったか?」

「畜生」

こう呻いたのを最後に、典子は言葉を失った。でかいガムテープが口をふさいだのである。同時に彼女は最大の武器も封じられた。

あまりの変節ぶりに抵抗する力も失《う》せたか、ぐったりとした典子が連れ出されると、男は残ったスーツ姿の秘書に向かって、

「沓掛に連絡を取れ。妹を自分の手で始末したかったら、おれに関するデータの所在を明らかにするよう催眠術にかかった上、データの消滅後、おまえの記憶も抹消するよう簡単な手術を受けろ、とな。奴はメフィスト病院にいる。他言は無用、返事は明日中によこせとな」

この辺はこの街では新入りといってもやくざ。情報収集にもそれなりのルートを確保しているらしい。

しかし、殺すべき相手をネタに、殺人者を脅迫するとは、これも〈魔界都市〉ならではの取り引きといえる。

沓掛からの連絡は、翌日の早朝にあった。電話である。男が話し合い、当日の午後十時、「天馬興行」が使っている四谷《よつや》左門町《さもんちょう》のスタジオで取り引きが行なわれることになった。

「くれぐれも、余計な連中の耳に入れるなよ。もし、員数外の気配ひとつでも感じたら、妹は一生見つからないぜ。それから、妹を渡す前に、あんたには催眠術と手術を受けてもらう。その間に邪魔が入ったりしたら――おんなじだ」

電話を切ってすぐ、男はすでに事務所に呼んであった催眠術師と脳外科医とを伴って、スタジオへ急行した。

脅しはかけたが、沓掛が従うとは万に一つだが、信用できないところがある。先廻りしておかしな仕掛けをされては迷惑だ。何といっても、一応ここは〈魔界都市〉と呼ばれているのだから。

12

到着してすぐ、男は手順を説明した。まず催眠術でデータの所在を確認したら、そのまま脳手術に入る。一部の記憶を失わせるという約束だが、もちろん、そんなもの守る必要はない。何もかも永久に失わせてしまえ。因果を含めてある二人は黙然とうなずいた。

警察に限らず、邪魔が入った場合は、すでに仕掛けてあるスタジオ全体を爆破し得るだけの爆薬にまかせて、男の一派は地下に掘り抜いた非常用脱出トンネルを通って、市谷《いちがや》加《か》賀町《がちょう》にある大日本印刷の廃墟へ脱出する。後は待機中の垂直離着陸機《VTOL》で韓国まで一直線。韓国には、「天馬興行」の本家に当たる「寺毛利《じもり》産業」の支部がある。

万端の準備を整えて待つうちに、うとうとしてしまい、秘書に揺り起こされたときにはもう、両肩、胸全体及び四肢のつけ根と臀部《でんぶ》――以上に包帯を巻いた沓掛が、第一スタジオのドアをくぐったところだった。包帯にはみな血が滲んでいる。不思議なことに、両眼は開いている。瞳の奥でゆれる緑の光――メフィスト病院特製の電子眼だ。

「約束どおり来た。――妹は何処にいる？」

「ここさ」

男は右手を上げた。奥のドアが重々しく開いて、二人の子分にはさまれた典子が現われた。あれ以降、手当ても受けず放置されたせいで、顔は腫れ上がり、衰弱の極みとわかる。口には前と違ったテープが貼りつけられていた。

「兄妹揃って重傷だな」

と男は嘲笑した。

「おふくろのひとりがおっ死《ち》んだくらいで、哀れなもんだぜ」

典子の唇がわなないた。テープを通して、低いが、はっきりと声が出た。

「兄ちゃん――こいつを殺して……あたしにさんざん人殺しをさせて……いざとなったらゴミみたいに……」

「殺し屋の末路なんざ、そんなものさ」

「兄さん……聞いて。こいつが岳紫に言いつけて……行きつけのマッサージ・パーラーの女……母さんに癌細胞を植えつけろと……命じたのよ」

泣くような訴えかけに、沓掛はじろりと男をにらんだ。

エレクトロニクスの塊りなのに、異様な力を持った眼光であった。

「おれの聞いた話と違うな」

「――今となりゃどっちでも同じだろうよ。あんたの方のおふくろは、うまいマッサージをしたぜ」

男は広い部屋の隅《すみ》に待機している二人の術師と、

酸素テントに包まれた手術台の方へ顎をしゃくった。手術台のそばには簡易電子手術装置がセットされている。

「騙されちゃ駄目よ。こいつ、データの在りかを確認したら、兄さんを手術中に殺すつもりよ」

想像だが、典子ならずともそう考える。

「おれは約束を守る。さ、データの在りかをしゃべってもらうぜ。ここまで来て否やと抜かすなら、妹はここで殺る。——いいな?」

沓掛は肩をすくめたきりで、術師の方に歩き出した。

「行っちゃ駄目よ、兄さん——あたしを助けて」

典子の鳩尾《みぞおち》に拳がめり込み、可憐《かれん》な娘は身体を二つに折って咳込んだ。

沓掛が小さな椅子に、催眠術師と向かい合ってすわり、二人はじっと互いの眼を覗き込んだ。

二秒とかけずに、術師はうなずいて、かかったよ、と言った。

「この交渉を他言はしてないか確かめろ」

と男は命じた。

術師は質問し、沓掛ははっきりした声で、それはないと言った。

「よし、次が本題だ」

データの所在は、あっさりと割れた。

「おれのコンピューターに入ってる分だけだ。何処へも送ってねえし、プリント・アウトもしていねえ」

男は満足そうに次へと進むことを命じた。

催眠状態にある沓掛が素直に手術台へ横たわると、手術着姿の医師が麻酔を射ち、髪の毛を剃った。

「レーザー開孔器」

補助機構が音声識別によって、高出力レーザーの先端部を沓掛の頭部に当てたとき、

「待ちな。変更だ」

と男がテントについたマイクに向かって声をかけた。

「殺しちゃならねえ。その代わり、ロボットにしたてるんだ」

「どういうことです？」

と医師が訊いた。

「もうひとり、おれを追っかけてる人捜し屋がいる。そいつを始末させるのさ。殺す瞬間まで、自分が人殺しをするなんて忘れさせといて、何かの暗示で、いきなりぶっ殺すようにな。いくら、〈新宿〉一の人捜し屋でも、ひとたまりもあるめえよ。できるな？」

「承知しました」

と医師がうなずき、レーザーが閃いた。

手術は五分で終わった。酸素テントから手術台を押し出してきた医師に、

「すぐ使えるか？」

「ええ」

「ちょっと待って」

と典子が声をかけた。自分の方を見た男の全身から、ある意思を感じたからだ。

「こいつをロボットにしたのなら、あたしはもう用済みでしょ。帰して頂戴《ちょうだい》、ね。〈新宿〉も出てく。二度とあなたの前には現われないわ。だから、助けて」

男の嘲笑は一層高く、あからさまに変わった。

「おれはこう見えても親思いのいい子でな。親を粗略に扱うような女は我慢できねえんだ。まして、自分の母親に癌細胞を植えつけると聞いて、面白いわ、やっちゃいなよと抜かすような女は黙って見過ごせねえ。お仕置きが必要さ。——おい、沓掛、ご希望どおり妹はここにいる。やっちまいな。いや、殺す前に犯しちまえ。いっぺんでいいから兄妹同士

てのを見てみたかったんだ。――おい」

手術台をゆすった。ゆっくりと沓掛が上半身を起こした。頭には包帯が巻かれている。その下で死魚のように淀んだ眼が、愛しい妹を捉えた。

ぎこちなく台を下りてぎくしゃくとこちらへ近づいてくる兄の足音へ、

「来ないでよ、兄ちゃん、来ないでよ」

と必死の面持ちで呼びかけた。昔の呼び名が口を突いたのではない。助かるための必死の演出だ。

左右の男たちが手を離してのいた。

右手が細い喉にかかる。

「助けて、兄ちゃん」

必死で身悶えた耳に、

「仕様がねえな、おまえも」

「え？」

兄の顔には、まぎれもない怪我と哀しみが息づいていた。それは、ロボットの顔ではなかった。


同じ声を男とその子分たちも聞いた。

視線が沓掛たちと二人の医師へと錯綜する。

「おい⁉」

男の怒号に、子分たちが武器を抜いた。

火線は催眠術師の右手から迸《ほとばし》った。それは一メートルものびた。拳銃ではない、大口径ライフルのどよめきが部屋を揺がした。

五人の頭が四散し、肉片と脳漿とを浴びた男が、ひいと叫んで身を屈めた。顔を拭《ぬぐ》って叫んだ。

「て、てめえは――屍⁉」

「よろしくな」

と〝ドラム〟を右手に、カメレオン・マスクを破り取った下の顔は、隻眼にドレッド・ヘア。

「い、いつすり替わったの⁉」

驚きと怒りが人間の顔をこうも変えるものか。男はよろめいた。野太い声はかん高い、彼本来の響き《トーン》に変わって、真紅のスーツに包まれた豊かな胸が重々しくゆれた。

「精神転換か。肉体改造はご免だが、精神《こころ》は男でいたほうが便利、か。——しかし、所詮《しょせん》はつけ焼刃だったな。天馬興行社長・天馬緋鶴《ひづる》」

妖艶官能の極みにあるような美女を、情緒のかけらもない眼で見つめ、屍はもうひとりの医師の方へうなずいて見せた。

屍と同じマスクをひと撫でで外した顔は、これも全くの別人であった。

「メフィスト病院脳外科部部長の神路《かみじ》さんだ。おれや署員と一緒に、一昨日からおまえら一派とその関係者全員を張り込んでてくれた。この街なら不可能じゃねえんだぜ。おまえが彼らのところへ向かうのを車のコースから知って、先廻りして本物をとっ捕まえて化けたのさ。これで謎が解けたかな?」

「最初の最初から、私は別人を仲間だと思って……よくもやってくれたわね、〝凍らせ屋〟」

「外から来たアマチュアが、この街でおかしな儲け話に眼をかがやかせるな。おまえはこの街にも仕事にもアマチュアだ」

「そうね」

天馬緋鶴は肩を落とした。同時にその両眼が狂気の光を放って見開かれた。

「なら、アマチュアの怖さを見せてあげる!」

叫んで奥歯を嚙みしめた。右の一本が義歯であった。

そこからこぼれた細胞が全身に行き渡る五秒の間に、緋鶴は苦悶し、人間の記憶を失った。

床にわだかまり、脈打つ原生動物のごとき赤黒い肉腫の塊りへ、神路医師が院長から手渡された薬液をガス圧銃で射ち込んだが、それは数秒動きを止めただけで、緋鶴の顔をにんまりと邪悪な笑いに歪ませた。

「無駄よ……岳紫は天才だった……彼の造り出した

癌は……常に異常増殖を繰り返し……新種に変じているの……以前の薬じゃ……効かないわ」

「膨張していく！」

と沓掛が叫んだ。〝ドラム〟の轟きが三度スタジオを震わせたが、緋鶴の顔面に開いた三つの弾痕はたちまち塗りつぶされ、肉腫は床の半分を埋めつつあった。

「脱出しろ」

屍の声で全員が無事なドアへと走り出す。その後を異様なものが追った。

のけぞったのは、緋鶴の部下であった。声も出ないのは、肉腫からのびた鞭《むち》状のすじが、頸部に巻きつき、一瞬のうちに絞め落としたからだ。身体は引き戻され、緋鶴の妖しい体内に落ちるとみるみる溶蝕していった。

「剝がして！」

典子が背中で緊縛された両手をこすり合わせて叫んだ。

「あたしならやれる。あんな化物――食らい尽くしてやるわ。このテープを剝がして！」

その腕を摑んでいた沓掛が屍の方を見て、

「あの化物――外へ出たら大変なことになるぞ！」

「新薬の製造にあと三〇分はかかります」

神路医師も叫んだ。

屍の決断は早かった。飛んでくる肉鞭をかわして、兄妹に近づき、典子の口のテープを一気に引き剝がした。

典子がにやりと笑った。こめかみを狙う〝ドラム〟の方へ見えない眼を向けて、

「さあ、行っといで。あたしの子――おいしそうな肉の塊りをお腹いっぱい食べ散らしておいで」

言い終えるや、その口腔から吐き出された死の〝煙塊鬼〟。人間は退却するしかない肉腫の化物めがけて奔流のごとく流れ寄る姿は、まさしく、飢えた

妖物が牛に群がる図だ。

　肉鞭が唸って幾つかの球体を弾き落としたが、それらはあっという間にあたかも別の悪腫が生じたかのように、肉腫の表面を埋め尽くした。

　沓掛も神路医師も、屍ですらこの幻妖な死闘の結末に眼を奪われた。

　球体が弾け、同化していく。だが肉腫もまた明らかに苦痛の痙攣《けいれん》を示しつつ膨張をやめていた。

　これは後でわかったことだが、勝負はまさしく相討ちであり、〝煙塊鬼〟は残らず吸収されたが、肉腫と化した緋鶴もその身体の半ば以上を食い荒らされ、毒煙を浴びて死滅したのだった。

　なぜ後で、というと、死闘を目撃している全員が、このとき、猛烈なめまいと息苦しさを感じたのだ。

　弾けた〝煙塊鬼〟の毒が忍び寄っていたのである。


「いかん――外へ」

　夢中で叫び、よろめく三人をドアの外へと押し出して、屍は鉄扉を閉めた。〈新宿警察〉の一員として、その体内には、数百種の毒物に対する抗体が棲息しているが、これはそのどれとも異なる毒であった。

　視界が暗く染まった。

　意識を失った全員の中から、このとき邪悪としか言いようのない女の哄笑が湧き上がった。床から空中へ――それは中森典子の形を取って一同を睥睨《へいげい》したのである。

「あたしは平気よ、あたしの子供たちの毒だもの。さあて、みなさん、気の毒に。ここまで生きのびられたのに、でも、ここでおしまい。ここから、出ていけるのはあたしだけ。〈新宿〉なら新しい眼くらいいくらでも見つかるわよね。お兄ちゃん、あんたは真っ先に殺してあげる」

それから、身を屈めて、倒れている三人の顔に触り、沓掛を認めると、聖人を誘惑せんとする魔女もかくやの淫蕩な形相になって、

「あたしはね、あんたも、あの女も昔から大嫌いだったんだよ。縁が切れてせいせいしたと思ったら、またのこのこあたしの人生に顔を突っ込んで来やがった。ああ、これでせいせいする。これで好き勝手に生きられる。せめて愛する妹のキスを受けてあの世へお行き」

血の気を失った唇が大きく開いてきらめく球体がせり出してくる。

だが、妖術〝煙塊鬼〟は、その成果を極めることができなかった。

けく、という声とともに、それは口腔に戻った。典子はふり向いた。彼女がいるのは長い廊下の果てであった。わずかに闇をまぎらわせる天井の淡い照明の下を、世にも美しい人影が歩いてきた。

「秋せつら!?」

「刑事《でか》さんは、僕に何も教えず、糸にも巻かれないよう用心していたつもりなんだけど、夜香《やこう》に聞いて病院で会ったとき、兄さんに巻いておいたんだ」

せつらとの距離は三〇メートルも離れ、明らかにささやきとわかるのに、典子の耳にははっきりと聞こえた。

「スタジオでの話は、みいんな外で聞いたよ。僕の仕事は終わった。いや、最初からなかったんだ」

春霞《はるがすみ》のかかったような茫洋たる声なのに、典子は凍りついた。

「後は兄さんにまかせても良かった。だがやはり、依頼は果たさないと、ね」

うす明りは光と闇から出来ている。近づいてくるせつらの顔は光に洗われ、闇に抱擁される。その間に、彼は変わったかも知れない。

「僕とは何度も会ったね」

と彼は言った。いつもの声で、いや、はじめて聞く声で。

「だが、私にははじめてだ」

この言葉に典子の何かが反応した。太古の闇に感じた古代人の恐怖——連綿と伝えられてきたＤＮＡの未知なる部分が。

引きつるような叫びとともに、典子は口を開けた。きらめく球体がせつらめがけて滑空する。

せつらが走った。

うす闇を疾走する美影身に、妖術〝煙塊鬼〟が貼りついた。

地上に落ちたそれは、球体のきらめきを映す漆黒のコートであった。

天井すれすれに飛翔する若者の世にも美しい顔を、胴と離れた典子の首は、もう一度見たいと切望しているかのようであった。


真っ先に屍刑四郎が覚醒したとき、彼は典子のつっ伏した胴とその背に載った首とを見た。両者の斬り口を仔細《しさい》に眺めて、あいつか、と彼はつぶやいた。

「また未解決の殺しが増えやがった。いつか、止めてみせるぞ、せつら」

長いつき合いで、その手のうちも武器も知り尽くしているというのに、〝凍らせ屋〟は、西新宿のせんべい屋が、チタンの妖糸をふるう場面を一度も見た覚えがないのだった。


数日後の夕暮れどき、歌舞伎町の路地裏で、ボクサー崩れをまとめて三人叩きのめしたファンキー・ハットの兄《あん》ちゃんは、

「汚職課長が、少しばかりの賄賂《わいろ》をケチりやがって。こんなゴロツキどもを雇う金があるとわかった以上、只じゃおかねえ。実家の家屋敷を売りとばす

まで食らいついてやるぜ」

ふと、彼は路上でのたうつひとりのシャツの胸ポケットから、一枚の人物写真がはみ出しているのを認めて抜き取った。ほんの数瞬見つめただけで、彼はそれをポケットに収め、せわしなく眼をしばたたいた。浅黒い頬は赤く染まっていた。

「マッサージ・パーラー『福満』か」

と彼はもの思いにふけるように言った。

「一枚一〇〇〇万でも買う奴はいるだろう。おふくろに代わって感謝するぜ、〈新宿〉の申し子さんよ」

嬉しげに唇を歪め、彼は刺客どもの腹をもう一度ずつ踏んづけると、〈新宿区役所〉の方角へと、胸をそびやかし、肩をゆすりながら、歩き出した。

ハイエナの牙は、まだ折れていないようであった。

うしろの家族

1

事件は晩夏の昼下がりに生じた。

銃声が轟《とどろ》いたのはとりわけ暑い日であった。

現場近く——曙橋《あけぼのばし》商店街を通行中だった某氏は、銃声だけで、それまで表面張力の最後の力をふりしぼっていた顔と手の汗が、一斉《いっせい》にしたたり落ちたと証言している。それほどかいていたのである。

射たれたのは、「十三興行《とおみ》」社員：青畑四郎《あおはたしろう》：二十八歳で、この「十三興行」は、表向き〈区外〉からタレントを呼んで場末のクラブやキャバレーでショーを開かせる、名前どおりの興行社だが、実体は彼女たちを風俗産業へ売りとばしたり、売春、援交を強制する生っ粋《きっすい》の暴力団である。

中でも青畑四郎は粗暴のひとことがぴたりと当てはまる。麻薬常用者であり、人間内の獣性を誰よりも具現したような暴力人間であった。

問題は、彼の全身に七発の45口径弾を射ち込んだ加害者のほうにあった。

白昼、商店街のど真ん中での銃撃でもあり、多数の目撃者の証言によって、

久保木務《くぼきつとむ》：二十六歳：フリーアルバイターが指名手配されたが、〈新宿警察〉が総力を挙げて調べても、青畑との関係——射殺するほどの怨《うら》みに震えるつながりは、発見されなかったのである。

その日、青畑はミカジメ料を取りに商店街の喫茶店「フランシーヌ」に出向いた。何のトラブルもなく金銭を受け取り、店を出てすぐ、一〇メートルもいかない路上で、同じく店の客だった久保木に背後から射たれたものである。

店内での二人に関しては、マスターの証言がある。先に入店したのは加害者のほうで、殺し屋、憑依者《ひょうい》、邪霊、妖物、人妖等を素早くチェックす

る〈新宿〉の店主の視認にも安全と認められ、現実に、隅《すみ》の席で静かにアイスコーヒーを愉《たの》しんでいたという。クーラーの利いた店の隅にいる男の姿には、未来の行為に対する緊張などかけらも見当たらなかった。

一方、二〇分ほど遅れてやって来た青畑も、一応、暴力団の癖《くせ》で店内を見廻し、当然、久保木にも気づいたが、何の反応も示さず金を受け取り、すぐに出て行った。

おかしいと思ったのは、つづけてレジへ来た久保木を見たときであった。

マスターの証言によれば、

「危ないものが取り囲んでたね」

となる。こわばった表情で、被害者の後を追うように外へ出た久保木は、数秒後、〝危ないもの〟に導かれて、自動拳銃《オート》の引金《トリガー》を引いた。拳銃は旧式のコルト・ガヴァメントであった。

一時間もしないうちに、両者の素姓は判明し、「十三興行」の社員と警官たちは久保木を求めて走り、そして、秋せつらのもとへ、ひとりの依頼人が訪れたのである。

「3」とシールが貼《は》られたドアをノックしても返事はなかった。

〈新宿〉でも珍しい古いモルタル築一八年のアパートである。

もう一度ノックして少し待ち、せつらはノブを廻した。

鍵《かぎ》はかかっていない。

六畳間の真ん中に、男が横たわっているのは、すでに忍び入らせた妖糸が教えている。

「殺し屋かあ?」

細っこい背中を見せたまま男が訊《き》いた。

クーラーはついているがかけていない。今日は比較的涼《すず》しいが、四〇度は越している。窓も開けていない六畳間は蒸《む》し風呂《ぶろ》と同じだ。

「いえ、人捜し屋です。秋と申します」

「はあ？」

いかにも億劫《おっくう》そうに——それは精神ばかりでなく、体力の問題もありそうだが——男はふり向いた。

細い顔骨を無精髭《ぶしょうひげ》で隠しただけの顔が、いきなり眼を見開いた。

恍惚《こうこつ》が飢《う》えと衰弱とを放逐していく。〈新宿〉の闇の部分でささやかれている〝せつら目撃現象〟だ。たとえ待ち構えていても、せつらを前にすれば、誰もが我を忘れる。この若者ほど不意討ちされにくく、不意討ちしやすい人間はないだろう。

「こら驚いた。冥土《めいど》の土産《みやげ》にいいものが見られたぜ。それとも、ここはもう、天使が羽搏《はばた》く冥土かい？」

「真下にもうひとつ、部屋を借りておくとは、いい手です」

美しい訪問者は、ふんわかした声で言った。

「敵もそこまでは気がつかなかったでしょう」

「借りたわけじゃねえ。黙って入り込んでるのさ。大家が大目に見てくれるんでね。ただし、ここで死んだら、アパートの守護霊になれと言われてる」

「それはそれは」

「今日は来てねえが、あれから三日——昨日までは毎日、「十三興行」の屑《くず》どもが覗《のぞ》きに来てやがった。ただし、上だけな。——外にいたか？」

「ええ。玄関近くにひとり、裏手にひとり——おっかない顔をしています」

「莫迦《ばか》が、あと十日も待ってりゃ自然に死んでやるのによ」

「それは困ります」

「勝手に困りな。それとも、どっかへ連れてって、好きなだけ飲み食いさせてみるかい？　眼の前に山海の珍味が積んであっても餓死できるって、教えてやるぜ」

「それは依頼人にまかせます」

「――誰だよ、それ？　おれに関心を持つなんて、おい、まさか!?」

男の眼に凄《すさ》まじい光が宿った。驚くべきは希望の光であった。ひとりきりで飢え死にしようとしていた男には、そんな相手がいたのだ。

だが、せつらの顔を見ているうちに、それは宿ったときよりずっと早く色褪《いろあ》せていった。

「――どうやら違うらしいな。で、誰だい、余計なお世話が好きな奴は？　別れた女房とかいうのは、やめてくれよ」

「知りたいですか？」

「ああ」

「本当に？」

「くどいぜ」

せつらは頭を掻いて、

「二度は念を押してくれと言われていましてね――三星《さんせい》生命の植村《うえむら》さんからです」

「保険屋か？　――そういやあ」

「あ、憶《おも》い出しました？　受け取り人は奥さんで二億円の特約付きに加入なさってるとか。やくざに殺されても保険金は出ますが、保険会社としては、できるだけリスクを少なくしたい――で、居所を探るよう依頼されました」

普段のせつらなら、こんな打ち明け話はしない。依頼主の要求なのである。

「三星生命としては、保険料が満期になるまで後一年――あなたを守るために、あらゆる手を尽くすそうです。一度話し合いたい、と」

「なら、こっちへ来な。おれは動く気もねえし、動く体力も残ってねえ。もっとも、来ても話し合いにゃあならねえがな。しゃべるのも億劫だ。おれとしちゃ、保険会社より、外の殺し屋を呼んで貰《もら》いてえな」

久保木はひとつ欠伸《あくび》をして手足をのばすと、

「あんたの好きにしたらいい。おれはもうやることをやっちまったよ。これであの家族も少しは安全に暮らせるさ」

癇《かん》のきつそうな顔に、このとき、ひどく和《なご》やかな表情が浮かんだ。他人のために尽くし切ったというような。人間のいちばんいい顔だ。人は誰でも一生に一度は、こんな表情をつくれる。

それから、予定どおり——哀しみがやって来た。

「出来れば、もっと守ってやりたかったがよ、けど、みいんな去《い》っちまった。おれにはもう気力も何も残ってねえんだ。まだ追われるんだろうなあ。結局、おれには荷が重いと判断されたのさ」

失礼、と断わり、せつらは携帯を取り出して、植村氏と連絡を取った。

「途中まで一緒に来ました。あと五分だけ待ちましょう」

「なんで一緒に連れて来ねえ?」

「依頼主を危険な眼には遭わせられません」

「ま、いいさ」

久保木は天井を向き、ぼんやりとつぶやいた。

「何処へ行こうと彼らの勝手だ。おれは顔も知らねえ」

せつらは黙って立っている。奇妙な告白もこの美しい若者には何の感慨も喚《よ》び起こさないのであった。

「一応、あなたを依頼人に会わせないと仕事になりません。外出して貰えませんか」

「悪いが放っといてくれ。ロクでもない人生でも、死ぬときくらいはいい気分で逝《い》きたいじゃねえか」

「うーん」

せつらは腕を組んで眼を閉じた。別段、悩んでいる風もない。カッコつけただけ、かも知れないが、この若者がやると悩み多き青春像の出来上がりだ。

そのとき、彼は眼を開いて、コートの内側から携帯を取り出した。

「はい。――わかりました」

これだけで仕舞い込み、

「依頼人がみえるそうです」

「ふうん」

気の無い返事をしてから、久保木はふと思いついたように、

「あんた、この部屋におれがいるって、どうやって捜し出した？　いや、いい。ここへ来たのは、はじめてだよな」

「ええ」

「それなのに、一発でおれを見つけた――技倆《うで》はいいんだな」

「ははは」

虚《うつ》ろに笑った。案外、照れているのかも知れない。

久保木はそれから、スーツ姿にアタッシェ・ケース片手の男――三星生命：契約担当員の植村がやって来るまで口を開かなかった。

このままでは危険だ、満期になるまで、当社の「保養所」で暮らし、外出にもガードをつけたいと植村は申し出た。

「いいよ」

意外な返事にも、せつらは表情ひとつ変えなかったが植村は狂喜した。汗かきらしく、顔中に盛り上がる汗にハンカチ一枚で空《むな》しい戦いを挑みながら、

「それは助かります。――では、これから、すぐに」

「その前に、受け取り人を変更したいんだが、できるかい？」

久保木は別人のように意欲のこもる声で訊いた。

「それは——もちろん」

植村の返事を聞くや、驚いたことに、彼は起き上がった。

植村はそれなりに優秀な外交員らしく、あわてた様子もなく書類を取り出し、サインと印鑑の箇所を示した。

ボールペンを借りてサインをこなしていく久保木の手もとを、植村は無感情に見つめていたが、急に眼を剝《む》いて、貫《つらぬ》くように記されたばかりの文字を見つめ、それからふり向いた。部屋の壁の方を。

「こちらが、新しい受け取り人？　よろしいのですか？」

「誰だっていいんだろ？」

「それは——結構です。いえ、あまり意外だったものですから」

「よし、これでOKだな」

久保木はボールペンを放り出し、

「じゃ、行くか」

勢いよく立ち上がった。汗を拭《ぬぐ》う植村をしげしげと見つめて、

「こら暑いな。助かるとわかれば、何もかも人並みにしたくなる」

のろのろと窓に近づき、勢い良く開け放った。

はっと植村が正座から片膝を立てた瞬間、久保木の肩甲骨の間から、凄まじい勢いで真紅の塊りが噴出した。

2

音がしないところをみると、消音器《マフラー》付きのライフルか、超小型ミサイル弾だったかも知れない。

反射的に身を引こうとした植村の顔から胸にかけて血飛沫《ちしぶき》が浴びせられ、そのほうが被害者に近い風

貌になりながら、彼は仰向けに倒れた久保木に駆け寄った。

「そんな——隠れると口にしたばっかりなのに」

せつらの方を見て、

「——君は何をしてるんだ⁉」

「あなたの依頼を果たしました」

この惨状には、あまりにそぐわない茫洋《ぼうよう》とした声である。自分を見つめる美貌のかがやきに植村は沈黙した。

「敵はもう逃げました。やはり、ここも見張ってたらしいですね」

「そんな呑気なことを……ああ、久保木さん——医者を呼びたまえ」

「——要《い》らねえよ」

地の底から響くような声が這《は》い上がってきた。久保木の顔は紙のようであった。

「助かりゃしねえ……それより……仕事だ……人を捜して……くれ」

「はあ」

せつらは紅く染め抜かれた人物のそばに片膝をついた。

「おれの……うしろにいた家族だ……捜して……金を渡して……くれ」

「はあ」

と答えてから、せつらは契約係を見た。植村は血飛沫を拭《ふ》き拭き、奇妙な表情でうなずいた。

「二億円です」

せつらが契約でも結んだような丁寧《ていねい》な口調である。

彼はボールペンを差し出した。

「は？」

「ここへサインを。受け取り人はあなたです」

「…………」

こちらも奇妙な表情をつくるせつらへ、

「ただし、条件がある。おれの背中にいた家族……彼らを見つけ出し……保険金の半額……一億を渡すと……約束してくれたら……だ。あんたが……証人だぜ……保険屋さ……ん。引き受けて……くれる……な?」

「いえ、あの——」

「ありがとう……頼んだぜ……あの家族も……一億もあれば……ここを出て……」

「いや、その」

「ありがと……」

声は急速にしぼんだ。植村が、久保木さんと叫んだ。

少し間を置いて、二人は顔を見合わせた。

「こちらの契約は成立しました」

と植村は痺《しび》れたように言った。

「あなたには二億円が支払われます。ちなみに、久保木さんとあなたとの約束は、当社の関知するところではありません。支払いは我が社との契約に基《もとづ》いてのみ行なわれます。振り込み先をここへ。していただかないと、支払いは会社に対してされることになります」

「それはそれは」

せつらはサインした。

「結構です」

植村は書類をケースへ戻して指紋錠をかけた。

「久保木さんを見つけていただいた支払いは別途になされます」

久保木へ眼をやった。

「いい顔をなさっている。すぐに警察へ連絡します」

と眼を閉じて片手を上げ、南無《なむ》……と唱えてから、

「後は私が——お行きなさい」

と言った。

せつらは立ち上がった。三和土《たたき》へ下りたとき、あの、と呼ばれた。植村が彼を見ていた。

「あの——どうなさるのです？　いえ、これは私の個人的な興味ですが」

「はあ」

「勝手な言い草ですが、久保木さんの遺志を叶《かな》えていただけたら、と思います。あの方は、あなたを信じて、安らかに逝かれました。そこを汲《く》んで差し上げて——いえ、これは失礼。柄《がら》にもなく、余計なことを申し上げました。忘れてください」

一礼する保険屋を残して、せつらは部屋を出た。

「ふうん、困ったねえ」

外谷良子《とやよしこ》は、手にべっとりとついたチョコレートをぺろぺろやりながら眉をひそめた。フォークはついているのだが、最初から手摑《てづか》みのところを見ると、使う気はないらしい。

瞬《また》く間に三分の二が消滅した。

ワンホールのチョコレート・ケーキと、芋虫のような指を舐めているでぶの女情報屋を交互に眺めて、

「ここからはじまったんだね」

とせつらは感じ入ったようにつぶやいた。

「ん？　——何がだわさ？」

「人間がさ」

「ん——？」

不快な表情をこしらえる外谷へ、

「で——どうかな？」

「うしろの家族って言われてもねえ。名前も住所もわからないんじゃ、あたしとしても捜しようがないのだわさ。それって、幻かなにかじゃないの？」

またひと切れつまんで——いや、摑んでぱくりとやった。分厚い唇の周りは、チョコレートが、まるで髭《ひげ》だ。ふと、このまま髷《まげ》を結《ゆ》い、煙管《キセル》を持たせて

半纏《はんてん》を着せ、一〇枚ばかり重ねた畳《たたみ》の上に乗せたら、堂々たる牢名主《ろうなぬし》が出来上がるだろうと考え、せつらは次の瞬間、悪夢のような光景を追い払った。

「顔色が悪いのだわさ、どしたの、ぶぅ?」

「いや、何でも」

とかぶりをふって、せつらは、

「家族がいたのは本当だよ」

と言った。

久保木の死から二日経っている。その間、アパートの隣人や、バイト先の同僚にも話を訊いてみた。

アパートの隣室にいた大学生は、久保木の部屋からは、毎朝、毎晩、家族の会話が聞こえて来たと証言した。

「だから、最初はご家族が越して来たと思ってましたよ。ところが、外で会うのは、久保木さんひとりなんです。そういえば、昼間、久保木さんが出かけると、声も物音もなんにも聞こえないし、大家さんにそれとなく訊いてみたら、絶対に独り暮らしだという。こりゃ、死霊だなって思いました」

家族構成も大家さんは知っていた。

「奥さんと男の子ひとり、女の子ひとり。声からすると、三十代半ばと十歳と七歳くらいかな。父親はいない――っていうか、声を聞いたことないな」

久保木さんの声は? とせつらは訊いた。

「そういや、あの人の声も聞かなかったなあ。あの人が越して来たのが四カ月くらい前でしょ。口数が少ないっていうか、夜の仕事で留守なんだと思ってました」

夜ごと、母親と子供たちの会話が途切れぬ家庭の中で、久保木はひとり孤独に耐えていたのだろうか。

「そんな話、聞いたことないのだわさ。家族単位で出てくる幽霊ってのは、〈新宿〉でも聞かないわさ。それに、その男――家族の姿を見たことがあるのかだわさ」

「ふむ」

とせつらはうなずいた。周りの空気まで、かがやき出すようだ。

「わざわざ、うしろの家族ってことわってたよね」

母と子の団欒《だんらん》に加わったこともない男——家族は常に彼の背後で別の生活を送っていたのかも知れない。

せつらは右の拳を上げて人さし指をのばした。軽く引いて、ドンと言った。

「家族を救おうとして、やくざを射った。けど、家族は去って行った。踏んだり蹴ったりだわさ」

外谷は最後のひと切れを取り上げ、ためらいもせずに、がばっと開けた口に押し込んだ。

「後はよろしく」

勘定書きを取って、せつらは立ち上がった。レジに近づいたとき、

「あんた——家庭は持たないのか、だわさ？」

と喚く外谷の蛮声が聞こえた。

「その気になったらお言い。いい娘を知っているのだわさ」


歌舞伎町の〝視察〟を終えて、佐《さ》久《く》間《ま》十三《じゅうぞう》は〈旧区役所通り〉で、待機させておいたベンツに乗り込んだ。今日はこれで帰宅だ。いくら組員がついているとはいえ、先頭切って歌舞伎町の雑踏を歩かねばならない〝視察〟は、はための万倍も神経を酷使する。去年還暦を迎えた肉体にはきつい。

「潮どきかな」

とつぶやいたのは、四《よ》ッ谷《や》駅に程近い自宅の車庫前に停《と》まったときである。

運転手がリモコンで車庫の扉を開け、助手席のチンピラが先に降りて、せり上がる扉の下をくぐった。車庫の内部をチェックしに行ったのである。左

右の護衛役も車を出て、通りを見張る。じき、

「大丈夫です」

との返事があり、ベンツは悠々と車庫内に滑り込んだ。

護衛役も含め全員が車を取り囲んで佐久間を待つ。

車を出て、自宅とつながる車庫のドアの方へ三歩進んで、佐久間はふり返った。

全員がその場に固まったきり動かない。顔を見た。虚ろな表情であった。骨まで食い入る激痛に耐えているせいだと、佐久間にはわからない。

「おい、おまえら」

と凄んで、ようやく、ひとり多いのに気がついた。

今まで感知し得なかったのが不思議なくらい、美しい若者であった。

「十三興行社長、佐久間十三さん」

それは質問でも事実確認でもなかった。強《し》いていえば、寝言のような響きであった。それなのに、佐久間は身の毛がよだった。

「だ、誰だ、てめえは？」

弱味を見せるな、とリフレインしつつ、声は震え、頬《ほお》は引きつる。喉《のど》が苦しく、胸郭一帯が石膏《せっこう》みたいに固まっていく。

「何の用だ？」

「少し前に射殺された青畑四郎さんのことで少し伺《うかが》いたいことがありまして」

「てめえら、何してる!?」

佐久間は立ち尽くす子分どもを叱咤《しった》した。獅子の咆哮《ほうこう》に似ていた。それなのに、膝下のハイエナたちは動かない。

「青畑さんを射殺した人物は、あなたの派遣したヒットマンに斃《たお》されました。それはいい。僕が知りたいのは、二人の間に射殺を導くような関係があった

かどうかです」

佐久間は身を沈めた。SIGのP36がショルダー・ホルスターに収まっている。

銃把を摑んだ。相手は動かない。引き抜いた。右の親指で安全装置《セフティ》を外《はず》し、銃口を美しい敵に向けた。薬室《チェンバー》にはすでに一発装塡《そうてん》済みである。引金を引けば、ストロークの長いダブル・アクション射撃でも充分に命中する距離だ。

手は止まらなかった。みるみる若者の肢体からずれ、こめかみに鋼《はがね》の冷気が息づいた。必死に戻そうとしたが、右手はぴくりとも動かなかった。

人さし指が引金を引きつづけるのを感じて、彼は助けてくれ、と叫んだ。

声も出ないのに気がついても叫びつづけた。

撃鉄が落ちる、まさしくその寸前で指は停止した。

汗と一緒に死の恐怖をしたたらせる佐久間へ、美しい黒衣の死神は、もう一度、被害者と加害者の接点を尋ねた。

わからねえ、と佐久間は答えた。死人のような嗄《かす》れ声が出るのを不思議とも思わなかった。

「うちの仕事で、青畑が関係してるもンの中に、あの男絡みのやつは無《ね》え。それは調べた。あいつが個人で首を突っ込んでるもンも、同じだった」

「次の名前に心当たりは？——路代《みちよ》、省一《しょういち》」

「無え」

「失礼しました」

若者がきびすを返した。

「待ちな」

と佐久間は呼びかけた。

「ひとつだけ言っとく——久保木ってのを殺《や》ったのは、うちの者じゃねえぞ」

若者の足が止まった。

「本当だ。一応、けじめで人は出したが、久保木を殺しちゃいねえ。正直、おれは、あいつに感謝してたんだ」

「………」

「青畑の野郎は少し眼に余り出してたんだよ。おれはもともと斬ったはったは苦手なほうだ。ところが野郎はそっちが専門。あちこちでおれが嫌いな類のトラブルを巻き起こしやがる。ところで――こいつら、意識はあるのかい？」

　次の瞬間、硬直中の子分たちは、失神状態で床に崩れ落ちた。

「結構だ。――青畑はじき、おれが処分するつもりだったのさ。久保木のおかげで手間が省けたってわけだな」

　これは、他の子分に聞かれてはまずいだろう。だが、佐久間はなぜ、こんな大事を異形の侵入者に打ち明けたのか。

「どーも」

　その行為からは想像もつかないのほほんとした挨《あい》拶《さつ》を置き土産に、奥のドアへとふたたび若者が歩き出したとき、感に耐えぬような響きが彼の口から洩れた。

「いい男だなあ」

3

　それから――せつらが手を尽くしても、姿なき家族の行方《ゆくえ》は杳《よう》として知れなかった。

　外谷も、うーむ、ぶう、うーむ、ぶうと唸りながら、

「その家族に憑かれた奴は、誰にもしゃべりたがらないのだわさ、きっと、ぶう」

　と言った。

　せつらに焦った様子はない。すでに振り込まれた二億円を、これで猫ババできると考えているのでも

なさそうであった。

外谷といい、自分といい、〈新宿〉内の人捜しなら、まず一週間で片づけてみせる名コンビの網にもかからない家族を、むしろ好もしく思っているのかも知れない。

〈魔界都市〉と呼ばれる街で、彼らも捜し出せない人間がいるのだった。

茫洋たる美貌に、むしろ翳《かげ》が宿ったのは、銃撃事件から半月後、新しい依頼人を迎えたときであった。

「女房を捜して欲しいのだよ」

ドスキンのダブルに身を固めた初老の男は、六畳の和室——秋人捜しセンターのすべて——を汚らわしげに眺め廻してから、横柄な口調で告げた。

名刺には、さる大手商事会社の〈新宿支店〉長・神崎《かんざき》某とあり、妻の名は小弓《こゆみ》だった。

ひと月程前、行方も知らさず三栄町《さんえい》のマンションから消えた。探偵を雇って調べたが、家を出る理由もなく、事件に巻き込まれたとしか思えない。

「死体でもいいんだ、見つけて欲しい。君を推薦《すいせん》したのは、その探偵だ。〈新宿〉一の人捜し屋だそうだな。失礼ながら、とてもそうは見えん」

穏やかな声が、自分は雇い主だと言っている。ずけずけと物を言っても相手は言い返さないと思っている。

渡された写真の顔は、やさしく、温かそうで、少し切なげだった。眼の前の男なら、歓喜して貪《むさぼ》り食らうだろう。

「若いだろう。まだ三十三だ」

依頼を受けてから、せつらはある質問をした。

路上駐車しておいたロールスロイスがスタートすると、すぐ神崎は運転手に、

「若造だ。あまり当てにはできんな」

と正直な感想を洩らした。

「他にも口をかけておいたほうが良さそうだ。しかし、帰り路を訊くとは、おかしなことをする。懐《ふところ》ろが温かそうだと、襲撃でもするつもりか」

彼にはついに理解できない解答が出たのは、車が青梅《おうめ》街道へ入ってからだった。

反対車線へ躍り出たロールスロイスは、機動警察のショック・キャノンで強制停止させられるまで、二四台と接触し、数千万円の損害賠償を余儀なくされるのである。幸い、全員軽傷で済んだが、神崎は軽い心臓麻痺を起こし、半年後、辞任のやむなきに到る。

何処からともなく侵入してハンドルに巻きついていた極細のチタン糸《いと》が原因だとして、運転手は責めを受けなかったが、時速一〇〇キロの車を、衝突寸前で身をかわさせつつ暴走させたのが、つい数分前に別れたばかりの世にも美しい若者だと、支店長にはわからず終《じま》いだった。


その日のうちに、せつらは「新・伊勢丹《いせたん》」へ寄ってから、歌舞伎町にある「十三興行」のオフィスを訪ねた。

てめえ、よく来たな、もう帰れねえぜ、と罵《ののし》りながら、拳銃や火炎放射器、キラー・ロボットまで持ち出した子分どもを尻目に、佐久間十三だけは相好《そうごう》を崩した。

殺気渦巻く応接室から子分どもを追い払い、用向きを訊いてから、佐久間はいたよと断言した。

「青畑の野郎が、うちとは別に、外道仲間と組んで金貸しをしてたんだ。八人いた。うち七人までは、こっちで連絡先を突き止めて、チャラになったと教えてやったよ。ひとりだけわからねえ」

「名前を教えてもらえます?」

せつらはうすく笑った。暴力団のトップは恍惚と

身を震わせ、涎《よだれ》さえ流した。あわてて拭き取りながら、

「あと一回、その笑顔を見たら、いい死に方ができそうだ。殺してくれるかい？」

「教えてくれたら、いくらでも」

「いいとも――少し待ちな」

彼は卓上のインターフォンへ怒鳴りつけるように用件を告げた。せつらの顔を眺めているうちに、子分が書類ケースを抱えて入ってきた。

「行方不明――八人目のデータだ。フロッピーとレポートを打ち出してある。役に立つといいな」

「ありがとう」

「うおお。さあ、殺せ、え」

佐久間はテーブルに両手を置いて身を乗り出した。

「よかったら、あれからどうなったのか教えてくれるかい？　気になってたんだ」

「企業秘密です」

「そうかい、悪かった。なら、聞かねえよ」

どこか子供みたいな笑顔になる暴力団へ、

「例外規定を発動します」

とせつらは、また笑いかけて、佐久間に本物の心臓麻痺を見舞わせた。


窓側の席からは、蒼い夕闇を背にした東京女子医大の影法師が見えた。

午後六時だが、二四時間営業のオート・バーは、すでに満席に近い。

〈新宿〉内に設けられた六五のチェーン店のうちでも、若松町《わかまつ》にあるこの店は、一九三〇年代のアメリカン・バーを模した変わり者ぶりで有名だ。

カウンターかテーブルにかけた客たちは、席ごとについたeーバーテンにカードか現金をさし込み、好みの酒をグラスに満たす――こういうシステムだ

が、カウンターの向こうには屈強なバーテンがひとりいる。混んでいるのはそのせいかも知れない。

数分前から、店の奥では小さなトラブルが生じていた。

「何よ、あんた、人のおっぱいに触っておいて、ビール一杯で済まそうっての？」

と窓際のテーブルに腰をかけて凄む娘の胸は、確かに、それだけじゃあ、と誰もが納得しそうな見事なものであった。

透明に近い流行《はや》りのTシャツを盛り上げた肉の先の乳首《チェリー》は、硬く勃起している。

カウンターにいた若いのが三人、予定通り哀れな犠牲者を取り囲んだ。

「触ってよと言ったのは、君だ」

犠牲者は、白装束に身を固めたこちらも若い山伏だった。背に笈《おい》を背負《しょ》い、白い手甲脚絆《てっこうきゃはん》をつけた右手に、錫杖《しゃくじょう》を握っている。重そうなワインを満たした左手のグラスが、どことなく似合っている。

通りに面した窓の外を、ついさっき、アクアラングと足びれをつけた裸の男が通ったばかりだから、山伏がいてもちっともおかしくはないが、

「最初から目ェつけてたんだよ」

と若者のひとりが悪《ワル》そのものの声で恫喝《どうかつ》した。

「チンケな恰好でワインなんぞ飲みやがって。似合わねえんだよ」

二人目の若者が加わり、

「めざわりなんだよ、めざわり。少し可愛がってやるぜ、おお」

と三人目が肩をゆすった。

「おれは最初からひとりで飲《や》ってた」

若い山伏は低い声で言った。グラマーを加えた四人が顔を見合わせたほど落ち着いた声であった。

「そこへ彼女が移って来て、お兄さんいい男ね、とおっぱいを突き出し、濡れたいの、触ってと言っ

た。――どうだね？」

「だからって、触ったことには変わりないじゃ～ン」

女は指先で、小さな骨をつないだ青いネックレスを回転させた。

「どうおとしまえつけんだよ、山伏さん？」

と最初の若者が彼の錫杖を摑んだ。

次の瞬間、五指は錫の表面に貼りついたのである。接触部分から何かが流れ出ていく。

「おおおおお――取れねえ」

血相変えた叫びに応じて、二人目が最初の若者の手を摑んだ、までは良かったが、引き離そうとこちらも錫杖を摑んでしまい、凄まじい流失感に声を失った。

三人目は失敗に学んだ。

手首にくくりつけたミサイル弓《ボウ》の安全装置《セフティ》をジーンズの尻にこすりつけて外し、山伏の顔に狙いをつけた。対妖物用のペンシル・ミサイルだが、厚さ二〇センチのコンクリくらいなら楽勝でぶち抜く。

それを射つ前に、若者は顔に冷たいものが当たるのを感じた。

錫杖のひとふりで、皮膚は密着したのである。

バーテンと客が何か叫ぶのを娘は聞いた。自分の声だったかも知れない。

その眼の前で、三人のBFはみるみる色褪《いろあ》せ、生気を失くし、その皮膚は老人のようにしなびていった。

「我が贄《にえ》杖に、多大なる生気の喜捨《きしゃ》をありがとう」

と山伏は言ってから、娘の首と指先をつないだ骨の連鎖に眼をやり、

「それは何の骨かね？」

と訊いた。

何を感じたのか、娘は紙のような顔色になって、テーブルから下りた。

「知らないわよ、そんなこと」

「なら、じきにわかる」

山伏の杖が、風にでも吹かれた芒《すすき》みたいな動きで娘の胸もとへ流れた。

自分の首に巻いたものが、おびただしい怪虫や蠢《うごめ》く小妖物だと知るには、二秒ほどを要した。

「ひええええ」

娘は考えもなく全身をふって、ネックレスをふり払おうとした。店中に散らばった虫や妖物は、客たちの皮膚へ食い入り、口からも鼻からも体内に侵入するや、内臓を咬《か》み破りはじめた。

阿鼻叫喚《あびきょうかん》の巣窟《そうくつ》と化した店から、白い影が現われ、杖の尾底部を歩道に打ちつけるまで、惨劇はつづいた。虫と妖物は消滅しても、傷は残った。

どこか寂寥《せきりょう》を湛えた山伏姿が通りを歩き、狭い路地へ入ったとき、彼は月光を浴びて立つ世にも美しい若者を見た。

「ほう、月の光の重ささえ感じられるような——おれは出羽《でわ》三山の命脈を引く〈新宿山伏〉鬼天坊《きてんぼう》だ」

「秋せつら——人捜し屋です」

「はて、いつから尾けられていたかな？　おれがこの時間はあそこにいると、そうか人捜しなら探り出すのは簡単だな」

「山尾進次《やまおしんじ》さんについてお伺いしたい」

とせつらは言った。

「店へ行くつもりで前まで」

行ったら、あの騒ぎに遭遇したのだろう。

「聞かぬ名だ」

と山伏——鬼天坊は答えた。

「そこを何とか」

拒否など何処吹く風といったふんわりした口調である。

その美貌を、さすがは修行者——無表情に見つめて崩れずに、

「これは大した――というも愚かな美形。我が贄杖のために、さぞや大量の喜捨を願えるな」

彼は杖をせつらに近づけた。

自分が眼に見えない何かに絡め取られているのを知ったのは、その手ばかりか全身が石の像と化したからである。

「その杖で、山尾進次さんの家族は甦《よみがえ》るはずでした。鬼天坊――またの名を再生坊《さいせいぼう》と呼ばれる御方」

月光が粛々《しゅくしゅく》と流れる声をきらめかせた。

4

三〇分ほど後、オート・バーからさして離れていない貸しビルの一階で、せつらは今日の昼前、佐久間に聞かせたのと同じ内容を口にしていた。事情を話さなければ、呪術でもって自裁すると鬼天坊が譲らなかったのである。

「この奥さんの写真を見たとき、何となく勘が働いたんですよ。こんなご主人から逃げ出したくなるんじゃないかって」

そこから、幸せな家族を作りたがるんじゃないかと考えつくのは、すぐのようで、実はせつらならではの思考である。直感と呼んだほうがいい。

で、他の人捜し屋と探偵たちを当たってみた。思ったよりずっと早く、男の子の捜索依頼が、ある人捜し屋のところへ来ていた。〈新宿〉でも五本の指に入る男だった。

多田見《ただみ》省一――下の名前は、やくざを射殺した男の部屋から、薄い壁を通して隣室の大学生の耳に届いた母親が呼ぶ少年のそれであった。

「その子の家へは行ったのか？」

と鬼天坊が訊いた。争いはしないという約束で自由の身である。

せつらはうなずいた。

「ひどいものだったろう」

「どうしてそう思う？」

「君の伝でいけば、その家族は不幸な者同士が集まり、幸せな一家を演じている。そうしなければいられないほど辛かったと思えないか」

せつらを迎えた省一の父親は、不可視の糸に地獄の緊縛病を与えられるまで少年をののしり、折檻《せっかん》の内容を細かく口にした。はいはいしてる頃から手を折ってやった。五つのときに、皿を割ったのでライターで顔を灼《や》いてやった。いなくなる直前も、人が寝てるときに歌なんか歌いやがるから、ベランダから裸で吊してやった。居間に使っている六畳間の奥で、細っこい母親が顔を覆ってすすり泣いていた。その顔にも手にも、黒い傷跡が虫みたいに蠢いていた。

「その——娘のほうは？」

「届け出無し」

「いなくなっても気にならない。むしろ、せいせいする、か」

鬼天坊はためいきをついた。さして意味のないためいきであった。

「事情はわかった。そのしあわせそうな家族の中で、唯一欠けているのが、父親というわけだ。彼が山尾氏に重なるのかどうかはわからんが、山尾氏は確かにここへやって来た。そして、暴力団員の金貸しに追われていると言っていたよ。君の話で、ここへ来た理由が、もっとよくわかった」

山尾進次の要求は、失った家族の再生であった。鬼天坊は、恐山《おそれざん》のイタコを凌《しの》ぐ〝口寄せ〟——死者の意志を伝える技の名手であり、かなりの確率で、その魂魄《こんぱく》をこの世に召喚《しょうかん》させ、望む者のそばにつなぎ止める奇蹟もまた可能だったのである。

山尾氏と家族が死に別れたのは、トラックの運転手たる彼の酔っ払い運転が原因であった。〈外苑《がいえん》西通り〉と〈新宿通り〉の交差点で山尾氏の四トン・トラックが追突した乗用車には、五人家族が乗っていた。平凡だが穏やかな生活を送っていた母と三人の子供は「熱い」の叫びだけを残して火に包まれた。業務上過失致死による、わずか数年の刑務所暮らしは、山尾氏の罪と自責の念を消すには不充分だったが、生き残った父親の復讐の炎を消すにも不充分であり、焙《あぶ》りたてるには充分だったのである。深夜、彼の家へ侵入した父親の凶弾は、妻と二人の子の生命を奪った。お返しだ、と狂笑する父親を、山尾氏はどうすることもできなかった。

そして、彼は〝再生坊〟の下を訪れ、

「おれは、ほんの数秒、家族の声を聞かせてやることしかできなかった」

疲れたような山伏を、照明が物憂げに照らしていた。部屋の奥に飾られた護摩壇《ごまだん》は沈黙を守っていた。

「山尾は絶望したに違いない。それでも規定の額を払って立ち去ったが、今考えると、あの金をやくざから工面《くめん》したのだな。安い金額じゃなかった」

すると、久保木は彼の窮状《きゅうじょう》を救うべくコルトを手に取ったのだろうか。あのとき、すでに山尾氏は家族の一員だったものか。それなら、なぜ、団欒に加わらなかったのか。青畑四郎を射殺した久保木が、家族のためと繰り返していたのは何故《なぜ》か。そして、彼を殺害したライフルには、誰が弾丸をこめたのか。

夜が更けつつあるのをせつらは感じた。

「山尾さんの行きつけの場所を知りませんか?」

と彼は訊いた。鬼天坊は身じろぎもせずに椅子にかけていたが、頭は回転させていたらしい。

「御苑《ぎょえん》近くの飲み屋――『越前《えちぜん》』という店の感じがいいと言っていたよ」

と妙に澄んだ声で教えてくれた。

「越前」の前でタクシーを降りたとき、携帯が鳴った。

「外谷です、ぶう」

挨拶は噴飯《ふんぱん》ものだが、情報はせつらをタクシーに戻した。

新大久保駅前で、中年男がやくざを射殺したのである。交番のすぐそばだったので、犯人はすぐ逮捕され、〈新宿警察〉の留置場に収容されている。

「瓜《うり》ふたつだわさ」

と外谷は言った。

〈新宿警察〉へ着くまでに、被害者、加害者双方の素姓はわかっていた。

被害者は庄司《しょうじ》広人《ひろと》・三十六歳、暴力団「大久保連合」の幹部である。一方、加害者のほうは一《いち》ノ瀬《せ》治《おさむ》・三十九歳、新大久保に住む独身のサラリーマンであった。両者の間につながりが全くないのも前と同じ。現行犯逮捕された際、一ノ瀬は、これで家族が助かると口走っていたという。

せつらは早速コネに頼ることにして、ある携帯へ連絡を入れた。

「屍《かばね》だ」

「はーい」

「達者そうだな」

渋い声に、和やかさが混った。用件を伝えると、

「いいだろう。担当者に連絡しておく。直行しろ」

「どーも」

「夜香は元気か?」

「風邪で困っているらしいよ」

「ほう。夜の子らも人間《ひと》並みに病気にかかるか」

「普通の風邪じゃないよ」

「――何だ?」

「おたふく風邪だよ」

携帯の向こうの声は沈黙した。間を置いて、呻く

ような声が聞こえた。

　笑っているな、とせつらは納得した。

　〝凍らせ屋〟の名前の威力は絶大で、署の玄関に到着するや、私服の警官がやって来て、留置場へ案内してくれた。

　鉄格子の向こうで、男は簡易ベッドに腰を下ろしていた。ひどい疲れが見えたが、警官に呼ばれて上げた顔は明るかった――というより、安らかだ。後はよろしくと告げて、警官は出て行った。

「ご家族は守れましたか？」

　せつらが訊くと、一ノ瀬は驚愕の表情になった。

「どうして、知ってるんだ？」

「その人たちに渡したいものがあるんです――お金です」

「金？　――幾らだい？」

「一億円」

「本当か――だったら、彼ら助かるぞ」

　だしぬけに、男は拳を手の平に打ちつけた。

「えーい、なんでもっと早く来なかったんだ、みんな去《い》っちまったじゃないか」

「去《い》ってしまった？」

　まさか、と思った。

「彼らは暴力金融に追いかけられてるんだ。額は知らないけれど、かなりの借金があるらしい。今日、とうとう僕のところにいるのが奴らに嗅ぎつけられた。止めたけど、去ってしまったよ」

「それで、やくざを殺したんですか？」

「違うよ、それは違う」

　一ノ瀬はベッドから立ち上がってせつらの方へ歩み寄り、途中で足を止めた。

「あの人たちは、僕に何も言わなかった。僕のうしろにいたけれど、それさえ意識してなかったと思う。彼らがいるのを知っていたのは、僕だけだ」

「じゃ、なぜ、やくざを？」

　一ノ瀬は困惑に顔を歪めた。

「そこのところがよくわからない。一度も会ったことがない相手なんだ。それなのに、駅前ですれ違った途端、こいつがあの家族を苦しめている張本人とわかった。どうしてと言われても困るが、とにかくわかった。気がついたら、護身用の銃で――」

　右手で見えない引金を引いているのに気づき、彼は手を下げた。

「父親はいましたか？」

　せつらは質問を変えた。

「いや。母親と息子と娘の三人きりだ。父親は金の工面をしながら逃げ廻っているらしい」

「名前はわかります？」

「いや。父さんとしか口にしてないよ。母親も同じだ」

「子供たちの名前は路代と省一」

「どうして知ってるんだ⁉　あんたのところにも？」

「残念ながら」

　それこそ、残念とも安堵ともつかぬ表情を一ノ瀬は浮かべた。

「良かった。あんたみたいないい男のところへ行かれちゃあ敵《かな》わない」

「いつ、あなたのところへ？」

　とせつらは一から尋ねることにした。

　あちこちで収容者たちの喚き声や、格子をゆする音が響き渡る中で、一ノ瀬は静かに話しだした。

　家族の存在に気づいたのは、二日前である。

　何の前触れもなく、ふと気づいたらうしろにいた。

　わずか二日だったが、家族が深い優しさと信頼で結びついているのは、すぐにわかった。

　一ノ瀬は自分を人嫌いだと言った。

「僕の父親は家庭を顧《かえり》みもしないのに、温かい家族の絆《きずな》を説いてうっとりしているような奴だった。母親は自分が犠牲になって仲の悪い父と僕とが結びついていると考え、僕と父とに奴隷みたいに仕えた。僕にはどっちもお似合いに見えた。十八のとき家を出て、それから一度も帰ったことはないよ。家族なんか鬱陶《うっとう》しいだけだと思ってた。だけど、ああいう家族もあるんだなあ」

朝、路代、省一起きなさい、と、母親の声がする。ふり向けば、声は前――顔のうしろから聞こえる。はあい、と答える二人の声。歯を磨く音、顔を洗う水の跳ね。朝食の席で、姉さんが僕のソーセージを取ったとごねる男の子、なによ、昨日、クッキーあげたじゃない、と言い返す女の子。ほら、母さんのあげるわ、早く学校へいらっしゃい。変装キットを忘れないで。おかしな人見ても逃げたりしては駄目よ。玄関のドアを開けて子供たちが出て行く。母さん、昼からサッカー録《と》っといて。あたし、今日、祐子《ゆうこ》ちゃんたちと映画観てくるから、帰り遅くなる。

その頃、一ノ瀬の食事も終わる。

「あんなにひとりの食事がうまかったことはないよ」

その眼に光るものがあり、顔は懐かしさにかがやく。

「昼は母親ひとりの時間だ。僕が仕事をしているそのうしろで、見えない母親は掃除機をつかい、洗濯をする。二、三時間、何の物音もしなくなったのは、買物だろう」

夜、一ノ瀬は一杯飲《や》ろうという同僚の誘いを断わり、早々に帰宅する。あの家族と一緒に夕食を摂《と》るためだ。そのために、献立ても奮発した。トロの刺身、天プラ、味噌汁――みなコンビニでのパック商品だがやむを得ない。

ああ、腹減った、と省一が帰ってくる。先に食べなさい、でも、姉さんのときも少し付き合ってよ。いいよ。

父さん、いつ帰ってくるのかなあ、と不意に少年がつぶやいた。

ここで一ノ瀬は、家族にのしかかっている暗い翳を知った。誰も優しくあたたかくだけでは生きていけない。だが、優しくあたたかく生きていくことはできる。

きっと帰ってくるよね、お金儲けて。そうよ、だから期待して待っててよ。うん。

やがて、路代が帰ってくる。映画どうだった。すっごく面白かった。行って良かったあ。ね、御飯。そこにあるでしょ。省一、何よ、あんた、まだ食べるの。何だよ、その言い草、待っててやったんだぜ。誰も頼んでないもん。ちぇっ、いいや、これもーらい。あーっ、ウィンナ盗ったよ、母さん。朝の復讐じゃ、ははは。

「母親は笑って見てる——僕にはわかったんだ。子供たちの喧嘩とののしり合いが絶えない家。みんなが本気でぶつかり合ってる家。お互い、認め合ってる家族。そういうものがあるって、僕は知らなかった」

久保木もそうだったのかも知れない。彼の死は自殺だったと、せつらにはわかっている。〈新宿〉一の人捜し屋に出会ったとき、彼は自分の生命に掛けられた金を、家族へ送ることに決めたのだ。

「もういませんか?」

二日間の憶い出に浸ると満足そうな沈黙に落ちた一ノ瀬へ、せつらは訊いてみた。これが最後だった。

「ああ、今日の朝——出て行ってしまったよ。やくざに見つかったって」

「でも、そのやくざは、あなたが」

「ご亭主は、都合三つの暴力金融から借金してたらしい。捕まりさえしなけりゃ、何とかしてやれたんだがなあ」

頭を掻く平凡なサラリーマンへ、

「後悔していないんですね」

とせつらは声をかけた。彼は勢いよく顔を上げて笑った。

「おお。こんなにいい気持ちははじめてだよ」


せつらはその足で、行きそびれた店——「越前」を訪れた。

ドアに手をかけたとき、荒《すさ》み切った怒声がやって来た。

「本当に来てねえんだな。こいつだよ。山尾ってんだ。ここへ来てたって、調べはついてるんだぜ」

弱々しい男の声が、切れ切れに、以前、いらしてました。よく覚えてません。


せつらはドアを開けた。

ただの客とは思えない服装の連中が五人いた。中でもとびきり悪趣味で恰幅のいい髭面《ひげづら》が、サービス判の写真をふり廻して、

「いいな、今度来たら、すぐに連絡を——」

と言いかけて、せつらの方をふり向いた。その眼はせつらを知っていると告げていた。写真を持った手をせつらへのばして、

「殺《や》っちまえ」

拳銃を抜いた瞬間、五人は凍結した。

せつらは髭男に近づき、手にした写真を、茫然とこちらを見つめている前掛け姿の主人に見せた。

「来ていましたか？」

「え、ええ？」

「ひとりで？」

「ええ」

「その人、小弓さんを目当てに来てたんだよ」

横合いから声がした。客のひとりだった。

小弓。神崎小弓。

「その人はここで働いてたんですか？」

「ああ。少し前に辞めちまったけどね。その人、小弓さんに惚れてたんだ。みんなでそう言ってた」

その人の写真を、せつらは何故か見ようとしなかった。

客は同じテーブルを囲む男たちへ、

「小弓ちゃんがその人をどう思ってたかは知らねえけど、同じ頃、いなくなったよな？」

そうだ、そうだと声が上がった。

「ありがとう」

礼を言って、せつらは外へ出た。五人がついてきた。彼に銃を向けた男たちが。

御苑に近い路地で、妖物に食い荒らされた五人分の死体が発見されるのは、翌日の早朝である。


月光に照らし出された〈新宿通り〉を駅の方へと歩きながら、せつらはふと、耳を澄ませた。

ドアの開く音。

あなた、という声。

帰って来たんですか。二人ともおいで。父さん、父さん、二つの声が階段を下りてくる。

工面できたよ、二《に》——と男の声。やっと、これで、おまえたちのところへ戻って来れた。

そして、せつらは蒸し暑い夜の中に立っていた。

駅の近くまで来て、彼は親子連れらしい一団とすれ違った。

父と母と男の子と、父の背で眠る女の子。三人の顔に見覚えがあった。女の子は——思っていたより小さく、太っている。男の子が何か言って、三人は笑った。こんな家族もいいかも知れない。

だが、少しの間、彼らはせつらのために家族の時間を割かねばならない。

「あのお」

とせつらは声をかけた。

口座番号を訊くために。

こちとら、江戸っ子でぇ

1

「よっしゃ、一〇杯目いくぞお」

琥珀《こはく》色の液体に、申し訳程度の氷塊《キューブ・アイス》が浮かぶグラスを高々と持ち上げるや、店内がどっと湧《わ》いた。

——といってもカウンターに六人、テーブル席に一二人入れば満員の小さなバーで、客の入りは半分だ。

タッちゃん以外の客は、身内だけの話があるのか、みなテーブルについていた。八月の熱帯夜——クーラーの音が耳障《みみざわ》りだ。

「もう、よしなさいよ」

とカウンター内のママが呆《あき》れたように口にしたが、迷惑そうな表情もしないのは、止めても無駄とわかっているからだ。タッちゃんは酒でこの店に迷惑をかけたことはない。

「うるせえ、約束だぞ、ママ。一一杯目はママの奢《おご》りだ」

「はいはい」

隣りのバーテンも苦笑しながら好感の眼差《まなざ》しを投げている。

こういう店に必要なのはこういう客だとわかっているのだった。

じき十一時を廻る。中だるみの時刻にはもってこいの人物だが、夜のバーの倦怠《けんたい》を好む人間には、少々辛《つら》いかも知れない。

特に、タオルのねじり鉢巻《はちまき》、ポロシャツにゴム長、前掛けもそのままと来ては、初回のお客は逃げ出してもおかしくないのに、一度もそんな局面は迎えたことがない。

ゴム長も前掛けも新しいのに替えてる「魚辰《うおたつ》」のタッちゃんの人徳という奴だろう。

その姉弟が、場違いもいいところの店へ入って来

たのも、それに惹《ひ》かれてのことかも知れない。

きゅうっ、という音が聞こえるくらいの飲みっぷりを見せたタッちゃんが、拍手と歓声《かんせい》に包まれてグラスを置くまで、誰も二人には気がつかなかった。

最初に気がついたのは、タッちゃんである。前掛けの結び目を引っ張られてからだ。

「なんでえ、一杯いくか?」

ふり向いても気づかず、少し顔を下ろして、ようやく、

「あン?」

と訝《いぶか》しげな表情になった。十一、二歳の女の子と、六、七歳と思《おぼ》しい男の子が、深夜のバーにいるミス・マッチに気づくくらい、アルコールには強いのであった。

「何だ、おまえら、花売りか?」

〈区外〉では、今どき、と言われかねない台詞《せりふ》だが、〈新宿〉では立派に通用する。奇病や妖物に蝕《むしば》まれた肉親の治療費のために、独自に栽培した花々を売りに出る子供たちは少なくない。

「違います」

と少女が言った。火照《ほて》り顔の客たちが、全員、我に返ったほど美しく切迫した声だった。そして、彼らは黄色いワンピースを着た少女とポロシャツに半ズボン姿の少年が、それにふさわしい美貌であることに、やっと気がついた。

「あたしたち、追われてるんです――この子を預ってください。お願いします」

言葉に対する反応は色々あった。何故《なぜ》、誰に、どうして――だが、そのひとつとして誰も口にできぬ間に、少女がすり抜けたドアは閉じ、そして、タッちゃんの前掛けを、これだけが頼りとばかりに握りしめた少年だけが、紫煙とアルコールとけだるい光の中に残された。

結局、タッちゃんは「魚辰」へ少年を連れて帰る羽目に陥《おちい》った。

客もママも警察へ届けろと主張した。追って来るという相手の正体も理由もわからないのだから当然のことだ。第一、少年は口をきかなかった。

「それもそうだな。――ママ」

とタッちゃんが電話を要求したとき、少年と眼が合った。

タッちゃんは身を屈《かが》めて少年の腰に手を当て、よいしょ、と持ち上げた。普通の重さだった。

「こかあ〈魔界都市〉だ。おめえにどんな事情があるのか、姉ちゃんが迎えに来るかどうかもわからねえ。だがよ。おれは姉ちゃんに頼まれちまったらしい。おれん家《ち》に来るか?」

それでもきょとんとしているので、小さな頭に手を載せて、こくんと前へ押し倒して、

「よっしゃ、こちらこそよろしくな」

勿論《もちろん》、ママが立場上、こう声をかけた。

「いいの、タッちゃん? どんな事情があるかわからないのよ?」

「てやんでぇ」

とタッちゃんは啖呵《たんか》を切った。

「頼まれたもンを他人に預けられるかい。こちとら江戸っ子よ、神田《かんだ》の生まれよ」

バーを出るとき、正直、後悔しないではなかった。

「魚辰」には六十を過ぎた母親と二十六の女房の真《ま》由《ゆ》がいる。母親はともかく、真由は喧嘩《けんか》となれば、刺身包丁片手に渡り合うのも辞さない――とタッちゃんは判断していた――女だ。悪いことに人嫌いと来ている。品物の売り買いだけで別れるお客ならともかく、親子三人水入らずの生活に他人が、まして、何処《どこ》の誰ともわからない子供が介入してくるな

ど知ったら、家庭内台風のごとく、荒れ狂うに違いない。

バーを出てすぐふり向くと、少年は五、六歩離れたところで、じっとタッちゃんを見上げていた。

ついて行っていいのかなあ。迷惑なんじゃないかなあ。

顔がこう言っている。子供には絶対抱かせてはならない感情だった。

腹が据わった。

「来いよ、何してる？」

受け入れ準備完了を告げるタッちゃんの声が、不安と遠慮を易々《やすやす》と吹きとばしてしまった。

だから、事情を説明した途端、どういうつもりよ、と歯を剝《む》き出した真由にも平然と、

「とにかく頼まれたんだ。でけえ声出すな、隣りに聞こえらあ。じき、姉ちゃんが迎えに来る。それまで預ってやる。わかったな」

これまでにない伝法《でんぽう》な口調で一喝し、真由を沈黙させてしまったのである。

後で、母親がこっそりと、

「いい啖呵切ったねえ、あたしゃ、父《とう》ちゃんが生き返ったのかと思ったよ」

と洩《も》らしたほどである。

だが、少年が普通でないのは、翌日から明らかになった。事情が事情だし、ここは〈新宿〉である。普通でなくともさして驚きはしないが、少年の場合は少々、度を越していた。

早朝、仕入れ先の築地《つきじ》から戻ってみると、母が来て、

「あの子、正座ができないんだよ」

とささやいた。

「なに？　足に怪我《けが》でもして――」

「違うよ。ただ坐れないんだ。それに、何にも食べない。あたしも、こりゃおかしいわとにらんで、冷

蔵庫のドア開けてさ、好きなものを、と言った途端、何を摑《つか》んだと思う？　冷凍室の牛肉だよ。かちんかちんのやつをその場でがぶり。ばりばりばりって、五キロも飲み込んじまったよ。あんた、どうするの？」

「どうもこうもあるけえ。他所《よそ》さまからの預りもんだ。迎えが来るまでは預る」

　と宣言したとき、いつの間にか後ろにいた真由の声が、

「迎えって、いつ来るのかしらねえ」

嫌味《いやみ》たっぷりであった。


　その嫌味が、人間らしいなあと親しみを感じてしまうほど、少年は日がな一日、ぼんやりと過ごしていた。

　タッちゃんと真由が表で、鯖《さば》と鮪《まぐろ》のどっぴんしゃん、などと商売している間じゅう、ずっと与えられた四畳半の隅《すみ》に立っている。それを確認した母親が、自分の部屋から廊下へ出た途端、眼の前に突っ立っていられて、腰を抜かすところだった。

　何とか油断しないように努めるとしても、しゃべらないのにはまいった。

　何をどう訊《き》いてもひとことも無し。従って、

「健太《けんた》って呼ぶぞ」

　とタッちゃんが宣言しても、黙ってちょこんとうなずいたきりだった。

　業《ごう》を煮《に》やした真由が、あんたは口もきけないのかと怖い顔で迫ると、大あわてでタッちゃんと母の後ろに隠れてしまう。

「まあ、しゃべりも読み書きもできないくせに、世事には長《た》けてるのね!?」

　と真由は眼と歯を剥いた。

　これ以後も、何度か目くじらは立てるが、タッちゃんが想像していたより、きつい小言や説教はぐん

と少なかった。

そのことを母に話すと、

「そら、お前、女だもの。ま、女もどきの女も腐るほどいるけど、大概の女は、ああいう境遇の子供を見たら同情しちまうもんだよ。薄っぺらだの甘いだの言うんじゃないよ。触れ合うとか何とかいうのは、大体、そんな安っぽいとっからはじまるものなのさ。それに、真由はあれで、気持ちは荒いけど女のいいところも山程持ってる。あたしは、あんたが考えるより、二人はずっとうまくやると思ってるよ」

と返って来た。

タッちゃんには、最後の予想よりも、真由にも女のいいとこ云々《うんぬん》のほうがよほど信じられなかったが、三日、五日とたつうちに面白い事態が生じて来た。

少年――健太が家へやって来て一週間目の朝、築地から買い取って来たばかりの魚を、刺身にしたり、ぶつにばらしたりしているうちに、ふと気がつくと、座敷の上がり框《がまち》のところに健太が突っ立っている。

子供とは思えない、限りない虚無を湛《たた》えた表情に、このとき、まぎれもない好奇の光を認めて、タッちゃんは驚いた。

「何だ、おめえ――やってみてえのか？」

と訊くと、こくりとする。

「こりゃ、驚いた。こっち来な」

手招きしただけで、ひょいと床へ下り、でかいゴム草履《ぞうり》を器用にひっかけて、ぴたぴたやって来た。

タッちゃんには、無論、六、七歳の子供に包丁など握らせるつもりはなかったし、怪我をするだけなのもわかっていた。

ただ、何となく、自分の仕事がどんなものか――自分がどういう男なのか見て欲しいという感情が身じろぎしたことは、否定できなかった。

よく見てろ、とかたわらの健太に言ってから、ここ一〇年で最も熱を入れて、商品の仕込みに取りかかった。

気を入れた途端、余分な力が包丁を押さえた左手にかかっているのに気づいて、ぞっとした。よくこれで、無傷でやって来たものだ。今までの刺身や切り身のことを考えて、タッちゃんは青くなった。

異変が生じたのは、そのときだ。

このところ、海中投棄される工場汚水や、各国の放射性物質の投棄等によって、海中の生態系に異変が生じていることは、すでに知られていた。タッちゃんのような商売のレベルで言うと、それは、魚の凶暴化という形で表われ、鮪船の漁師が全員、指だの手首だのを食い切られただの、ようやく凍らせたはずの梶木鮪《かじきまぐろ》が築地で復活し、その嘴《くちばし》で、仲買人四人を串刺しにしただののニュースが、連日TVのワイド・ショーを飾った。

一メートルほどの鮪を何とかバラし、健太の驚きの視線に快感を覚えながら、二匹目をと、冷蔵庫を開けた途端、二メートルばかりもある鮪がまるで待ち構えてでもいたように、タッちゃんの肩に嚙みついたのだった。

2

「わわわ」

と悲鳴を上げる間に、鮪の牙は五センチも食い込んだ。〈新宿〉の妖気に触れたせいもあるかも知れない。二〇〇キロが、貼りついた氷を跳ねとばしながらのしかかってきた。

「こん畜生、刺身にしてやる！」

タッちゃんの絶叫も、ぎゅえ〜と押しつぶされて
——

奥から包丁摑んで真由と母親が駆け込んできたとき、タッちゃんは血の海に横たわっていた。

「あ、あんたあ!?」

夢中で抱きつこうとする真由の顔前で、Vサインがゆれた。

へ?　と棒立ちになる女房に、タッちゃんは上体を起こして、腕組みをした。うーん、と唸って女房ではなく健太を見つめた。

「才能を伸ばそう」

「はあ?」

きょとんとしつづける真由の耳に、

「そうだよ」

茫然《ぼうぜん》とつぶやく母の声が聞こえた。

「あんた、これは本物だよ。地道な二〇年も、七日間の天才にゃ、負けっちまうんだねえ」

声のする方——かんすけになってるタッちゃんの足下へ眼をやり、真由は、あらあ!?　と洩らした。


凶暴な鮪はこと切れていた。いや、頭と尾鰭《ひれ》だけを残して、皮こそついたもののきれいな刺身が床の上に広がっていた。

「こんな見事な切り身は、父ちゃん以来だよ。うわあ、見てるだけで涎《よだれ》が垂れちまう。一切れ、もーらい」

母親は手をのばすと、分厚い刺身をつまんで流しの方へ行き、血を洗い落とし、台のそばに置いてある瓶《びん》からじかに醬油をかけて、ぱくりとやった。

茫然と見つめる息子と嫁の前で、

「んめえー」

と身を震わせたのは、数秒後であった。見開いた眼は健太を求め、かがやきで包んだ。

「一体、どうやって切ったのさ、こら、タツ。教えてもらいな。この刺身には、金《かな》っ気《け》が少しもついてないよ」

「ああ」

タッちゃんは、ぼんやりとうなずくしかなかった。包丁で刺身を切る以上、どんな名人でも金っ気の宿命から逃れることはできない。健太はだから、どんな名人より腕が上ってことになる。

　近くで、獣とも鳥ともつかぬ鳴き声がしたが、タッちゃんは、健太のさばき方を憶《おも》い出そうと努力した。

　肩に刺さった鮪の牙の痛みに悶絶《もんぜつ》しかかったとき、すっとそれが抜けた。助かった――この思いが全身を弛緩《しかん》させて、すぐには起き上がれなかった。

　そこへ二人が駆けつけたのである。従って、タッちゃんは肝心のところを見ていない。

「すると、あれか。おれは健太に教えを乞《こ》うことになるわけか、お袋？」

「あったり前でしょ。実力の世界だよ」

「冗談じゃねえ。痩《や》せても枯《か》れても、おれはこいつの養い親だぞ。そんな恥っさらしができるけえ」

彼は母と健太をにらみつけた。健太は彼を見ていなかった。細く小さな眼はまだ下ろしたままのシャッターの方を見つめていた。

　もう無表情とはいえなかった。あどけない顔は緊張に歪《ゆが》んでいた。

「おい？」

　タッちゃんが声をかけた刹那《せつな》、健太は猛スピードで彼の背後にまわった。

　シャッターが喚《わめ》きはじめたのは、その瞬間だった。

　凄《すさ》まじい猛打かつ連打が外から鉄の板を襲ったのだ。真由と母が耳を押さえてうずくまる。

「うるせえや、バカヤロお！」

とタッちゃんが一喝した。ぴたりと熄《や》んだ。

「あきらめのいい野郎だな、ふん」

　自分のひとことの上げた効果に、タッちゃんはご満悦だった。

また鳴った。

今度はずっとソフトで短かった。

「やっと礼儀がわかったらしいな。どれ、顔だけでも見てやるか」

タッちゃんはシャッターに近づき、覗《のぞ》き窓を開けた。

すぐにふり向いた顔を見て、真由と母親が表情を変えた。

「憑《つ》かれたよ、あれ」

「やだ。シャッターには憑依魔《ひょういま》用の護符《ごふ》貼ってあるんですよ」

「――ねえ、なんか、コーコツとしてない？」

「足、乱れてますねえ」

ふらふらと二人の前へ辿り着いたタッちゃんに質問を浴びせようとしたとき、シャッターがまた鳴った。

新旧の女は顔を見合わせ、旧《ふる》いほうが俠気を発揮した。夫婦を置いて、覗きに行ったのである。

彼女は、まあ、と言った。鼻にかかった声である。それから、小声で何事かやり取りし、シャッターの開閉スイッチを入れた。

「義母《かあ》さん」

と真由がとがめるように言ったが、彼女はふり返りもせず、モーターが巻き上げていくシャッターを見つめた。

横でも前でも眺めたら、大事なものが待っているようなその表情に気づいたであろう。

シャッターは数ミリを残して止まった。朝の光の中に立つ黒衣の若者は、水底の美しい幽精のように見えた。

母親は口をきけずにいた。唯ひとり無事なはずの真由も、ひとめ見た途端、しゃべり方を忘れた。

かろうじて、タッちゃんが口をきけたのは、やはり男だったからだろう。

「な、なんでぇ、こんな、こんな、朝っぱらから？」

「秋《あき》と申します」

と朝の光の中で、冬の月光を思わせる若者は名乗った。そして、人を捜しています、と言った。春の野辺を思わせる茫洋《ぼうよう》たる声ではあったが、この言葉が、タッちゃんに正気を取り戻させた。

「誰だい、そりゃ？」

と訊き返すと、若者は、子供です、と答えて、隅っこで小さくなっている健太に眼をやった。このとき、タッちゃんには彼が美しい悪魔に見えた。

「こちらのお子さんですか？」

「そーいや、違う。親戚の子供さ。しばらく預ってるんで」

若者はそれ以上深追いせず、自分はある人物に依頼されて、この坊やくらいの子供を捜している、と告げた。何故だい、と訊くと、企業秘密で教えられないと言う。

あの娘か、と思い、依頼人は誰だい、と訊くと、それも企業秘密で答えられないとのたまう。じゃ、男か女かだけ。――男です。これでタッちゃんはしゃべらないことに決めた。

「実は、こちらに、一週間ほど前から、お子さんがひとり増えたと聞いて伺いました。失礼ですが、こちらは本当に？」

「べらぼーめ」

とタッちゃんは腕まくりして、この世のものとは思えない人型の美に挑んだ。

「痩せても枯れても、こちとら江戸っ子でぇ。舌は二枚もついてねえんだよ。それとも、あれか、あんた、おれが嘘《うそ》ついてるってのか、え、探偵さんよ？」

「いえ、人捜し屋で」

「――何でもいいやい。とにかく、それは健太っって、親戚の子供だ。おかしな言いがかりはつけねえで貰うぞ」

タッちゃんはファイト満々であった。美しい若者も、それはわかったと見えて、

「これは失礼しました。ここに連絡先を置いておきます。そういう子供を見かけでもしたら、いつでもお電話ください」

小ぶりな名刺――というよりカードを、そばの椅子に載せて出て行った。刹那《せつな》に、全員が腰を抜かした。今の今まで美しい夢の中にいたものが、突如、現実へたち返った空虚感に耐え切れなかったのである。

「糞《くそ》ったれ。ちょっと顔がいいと思って無粋《ぶすい》な質問をしやがる。二度と来るんじゃねーぞ。おい、真由、塩撒《ま》いとけ」

と喚いた途端、また天宮の美貌が現われて、

「言い忘れました。さっき、シャッターをどんちゃか叩いていたのは、僕ではありません。新宿三丁目を縄張りにしている暴力団『新侠会《しんきょうかい》』のチンピラです。――では、失礼」

彼は再び歩み去り、「魚辰」の店内には、二度もこの世ならぬものを目撃したショックのあまり、床の上にひっくり返った三人《ファミリー》が残された。

健太だけが冷静に――或《ある》いは茫乎《ぼうこ》として、前方に半ば眠そうな眼差しを当てていたが、そこには無論、何もないのだった。


健太が単なる迷子でないのはわかっていたが、これで確たる証拠が浮上したわけである。ただし、その海域は白い嵐が吹き荒れる冬の北海であった。健太はなぜ、暴力団に狙われているのか、先にやって来たそいつらは、名刺を残した秋せつらなる若者と遭遇して立ち去ったらしい。人の生命など屁《へ》とも思っていない凶悪漢どもを、怒声ひとつ放たず退散さ

せたあの人捜し屋は何者か、彼に健太の捜索を依頼した男というのは何者であるか？　健太の姉は、果たして迎えに来るのか？　そして、最大の疑問が残る。

——健太は何者なのか？

「何だか、気味が悪いわよ、この子」

最初に否定的だが、もっともな意見を口にしたのは真由だった。

「早いとこ、警察にでも連れてったほうが良かあない？　それが嫌なら、さっきの人捜し屋さんに連絡して……ああ……依頼人とか、捜してる男の子の素姓とか、訊いてみたら？　あたし、電話かけるよ」

「やかましい。眼えうるませやがって、この色ボケ女が。おれはあの姉ちゃんが迎えに来るまで、絶対に健太を渡したりしねえ。そういう約束だ」

「約束ったって、あんた、暴力団相手になるよ」

「それがどーした？　暴力団だの匕首《ドス》だのが怖くて、魚の腹が裂けるかってんだ。おい、真由、ちょっと煙草《たばこ》屋行って、手頃な武器、仕入れて来い。手榴弾も可だぞ」

無茶な話だが、〈新宿〉では無茶が道理なのである。

3

妖物、悪鬼がうろつく世界で、人は無防備でいられない。政府も断を下し、特別立法を制定、〈区内〉在住者に限り、〈区〉からの銃火器の貸与《たいよ》を許すことにした。

こうなれば、〈民間〉企業が乗り出すのは眼に見えている。さすがに、〈区外〉の大手重工業が加わることはなかったものの、〈区内〉では、またたく間に人気商売にのし上がった。

まず、暴力団が直接、〈区外〉の密輸業者と組んで、フィリピン、韓国、中国製の武器を取り込んだが、足下を見るぼったくり業者が増えた上、〈区外〉の暴力団が介入して分け前を要求、史上に残る大抗争の後、武器の供給は二種類に大別された。

　暴力団自身が、直接、買いつけに赴《おもむ》くやり方と、〈区内〉での自主製造である。

　どちらも非合法であるからして、官憲の取り締りも苛烈なものがあったが、一般生活用品と異なり生命に関わる品である。〈区〉のお仕着せ供給による、廃棄寸前のニュー・ナンブや米軍の古くさいコルト・ガヴァメント等では、都合、数千種といわれる妖物どものすべてに対応することはできず、加えて、凶悪の一途を辿《たど》る〝〈新宿〉アウトロー〟たちは、〈区外〉から続々と高価な武器や防御《ぼうぎょ》装備を買い入れて身を固め、〈区民〉たちのささやかな抵抗を無傷で嘲笑《ちょうしょう》した後、強奪や虐殺《ぎゃくさつ》をほしいままにした。

　必然的に生命を守るための闇市場《ブラック・マーケット》が形成され、暴力団の輸入火器が高値でも飛ぶように売れる。売れれば、供給者は需要者の要求に出来る限り応《こた》えようとして、やがて、銃弾では無効な妖物たちに対し、一区民の家庭に、携帯用の火炎放射器や、レーザー・ガンの試作品、高周波銃、電磁ガン等が秘蔵されるようになる。

　暴力団にばかり甘い汁を吸わせておくことはないと考える一部マニアたちも立ち上がった。彼らは個人、或いは数名で密かに小規模な武器研究所兼製造工場を開設、よりマニアックで、〝〈新宿〉向け〟の武器を開発して、闇市場に流した。従来の一般用火器と異なり、幼児でも操《あやつ》れ、光学装置や化学薬品を使用するため反動も少なく、威力は絶大なこれらは、警察と暴力団双方の妨害にもめげず、圧倒的な好評を得て市場を開拓し、創立者たちに莫大な富をもたらしたとされる。

銃社会アメリカの最新事情に窺《うかが》えるがごとく、銃器の所有は日を追って厳しくなりつつあるが、〈新宿〉ではその事情が違った。アメリカどころではないのである。

前触れもなしに、壁をぶち抜いて侵入した妖体に、留守番の子供たちが容赦《ようしゃ》なく貪り食われてしまうのだ。〈新宿〉の悪鬼、悪霊に取り憑かれた母親が、授業参観中、いきなり肉切り包丁をふりかざして子供たちに襲いかかるのである。

22口径ロング・ライフル弾では、厚さ五〇ミリの硬質皮殻を持つ妖物を撃ち抜けない。44マグナムならOKでも、子供たちの手が反動に耐えられない。だが、一〇〇万度の超高熱を一瞬、一点に発生させ得るビーム兵器なら、泣き叫ぶのは妖物のほうだ。

アレルギー性の湿疹《しっしん》ができるという副作用はあるが、呼吸も自由にでき、大の男がふるう日本刀さえ弾き返す液体装甲《リキッド・プロテクター》なら、母親の肉切り包丁など物の数ではない。

それを悪用する犯罪者たちの凶行よりは、自らの生命を理不尽な暴力から守らんとする市民たちの願いのほうが優先した。

かくて、銃火器は〈新宿〉に蔓延《まんえん》し、〈区〉との粘り強い交渉の結果、販売、修理を行なう合法的な〈武器店〉――なぜか〝イシャー〟と呼ばれた――も、あちこちに誕生したが、なにしろ使用回数が多いため、傷みも激しく、また、修理待ちの数日、数時間どころか、使用不可の武器を届けに行く十数分の間に襲撃される場合も多くあって、今では大概のコンビニ、スーパー、煙草店で、〈区民〉たちのニーズに応じている。

タッちゃんの呼びかけに応じて座敷から財布を持ち出した真由が、店を出ようと歩き出したときである。

陽ざしが突然、翳《かげ》った。

店の前をふさぐように、数個の人影が立ったのである。

どれも屈強な、プロレスラー並みの肉体の所有者であった。

こんなとき、〈区民〉の常で、タッちゃんたちの眼は、彼らの武器の有無を探るべく、まず両手、それから上半身、下半身に集中する。観光客が真っ先に挙げる〈新宿〉の不愉快ポイントだが、こっちは生命がかかっている。失礼などと言っていられないから、〈区〉のほうでも、ツーリストガイドには、その旨《むね》明記してあるくらいだ。

男たちの手はOKだが、上着の腋《わき》の下や腰のふくらみは「危険」であった。

タッちゃんは素早く、上がり框の脇に立てかけてある水中銃《スピア・ガン》のところへ移動した。魚屋らしい組み合わせだが、これを平気でやるのがタッちゃんらしいところなのだ。

真由が悲鳴を上げた。

赤いアロハシャツの男に抱きすくめられたのである。男の手は胸のふくらみにめり込んだ。

「てめえ、何しやがる」

構えた水中銃は、高圧酸素使用、水中でも一〇メートル先のホオジロザメの胴体を貫通する。おまけに頭部につけた炸薬《さくやく》で、一〇メートル級《クラス》の獲物なら、瞬時に真っぷたつだ。

「おおっと——そんな怖い品物、こっちへ向けないでくれよ、大将」

先頭の、麻のスーツを着こなした中年男が、わざとらしい怯《おび》え声を放った。

「うるせえや——女房を離しやがれ！」

「こら失礼——おい」

たちまち真由は解放され、夫のところへ駆け戻った。

「あんた、射っちゃいな。あたしのおっぱい、しっかり揉《も》みやがったんだよ」

怒りで身を震わせている。

「なに、そうか!?」

タッちゃんも怒った。水中銃を、そいつに向けた。

「よしなよ、こいつはサイボーグ手術を受けてる。バズーカ砲の直撃を食らっても平気だ」

と中年男が嘲笑《あざわら》った。タッちゃんは笑い返した。

「そうかい、なら――」

自分に照準が合わされたとき、中年男の顔色が変わった。

「待ちなよ、大将、おれたちはトラブル起こしに来たんじゃねえ。人を捜してるのさ」

タッちゃんの眼に、七色の霞《かすみ》がかかった。あわてて気を取り直し、

「またかよ」

「ああ、おれたちの前にもひとり来てたよな。本当はおれたちのほうが、ひと足先だったんだが、野郎、後追いのくせしやがって……」

怨嗟《えんさ》を隠そうともしない声に、しかし、これも覆《おお》いようのない恐怖が色濃く表われていた。

どうやら、最初の獣じみたシャッターへの乱打はこいつらで、途中からやって来たあの若者に先を譲ったらしい。たったひとりで、こんなゴロツキ集団を、とタッちゃんはまた恍惚《こうこつ》としかかり、何とか取り直した。

「人捜しってな、何だ? うちには家族しかいねーよ」

「そうでもねーだろう。ひとり増えたって評判だぜ」

男は座敷の方へ眼をやった。

「人の家ん中、覗くんじゃねえよ。とっとと帰《けえ》んな。こちとらこれから商売だ。いつまでも邪魔して

やがると、本気でぶち込むぞ」

「しょーがねえ大将だな。人が大人しく話してりゃあこれだ。おい、少し頭を冷やしてやんな」

真由の乳を揉んだという大男が、へいとうなずいて前へ出た。

水中銃を向けて、タッちゃんは引金を引いた。〈区民〉に迷いはない。敵への躊躇《ちゅうちょ》は、自分の死に直結する。

爆破の衝撃に備えて眼を閉じ、口を開けた。野卑な笑い声が起こった。

タッちゃんは、男が横に右手をのばしているのを見た。拳《こぶし》から銛《もり》が生えていた。水上でなら秒速三〇〇メートル近いそれを、彼はあっさり握り止めてしまったのだ。

「野郎！」

間髪入れず二本目を放った。

細い影が空中で閃《ひらめ》き、鋭い音が弾けた。銛は勢いよく床へ落ちた。ぶつかる寸前、巨体の後ろから現われたやや小柄な影が、右手をふって銛を跳ね上げ、左手で受け止めた。銛に巻きついているのは、細い鞭《むち》であった。

タッちゃんの銃口が向く前に、鞭が、ひょおと鳴った。

あっという間にもぎ取った水中銃を手に取り、鞭使いはそれをタッちゃんに向けた。

「いいだろう、吉岡《よしおか》。一本射ち込んでやりな。ただし、殺すんじゃねえぞ」

「勿体《もったい》ねえ」

鞭使い――吉岡は粘っこい口調で応じた。全身がしなやか――というより、――蛇を思わせる感じの男だったが、声もそのとおりだ。

「なに？」

麻スーツの男が訝しげに吉岡の方を向き、にやりとした。見るものの腹の中が冷たくなるような笑いだった。

「そーだな。せっかくグラマーな奥さんがいるんだ。放っとく手はねえやな、人妻のヌード鑑賞会といこうぜ」

真由がタッちゃんの後ろに隠れようとしたとき、風が鳴った。

布地の破れる音に、真由の悲鳴が重なった。

鞭には仕掛けでもあるのか、豊満な肉体は腰から上までの防御を破り取られていたのである。

こぼれるような乳房を両手で隠して、彼女はその場に蹲《うずくま》った。

「な、何をしやがる!?」

タッちゃんがそばの俎板《まないた》に置いた刺身包丁を摑《つか》んだ。

それはすっぽ抜けて空中に舞い上がり、鞭の指に弄《もてあそ》ばれて向きを変えるや、うなりを上げてタッちゃんの腹へと襲いかかったのである。

吉岡に殺すつもりはなかった。この向こう見ずな魚屋を、心から怖気《おじけ》づかせるのが彼の役目であった。急所を外して、どの程度の深さまで刺せばいいか、十二分に知り尽くしている。

だが、今回だけはうまくいかなかった。

タッちゃんの腹を貫く寸前、包丁は向きを変え、スーツ姿の顔へと飛んだ。

「わわっ!?」

声しか出せぬ金縛り状態の眼前で、びゅっと風がうなるや、包丁を叩き落とした。石の床にぶつかる刃の音が、店の中に鋭く流れた。

吉岡の左手にはもう一本の鞭が握られていた。ボスを狙った包丁を防いだのはそれである。

彼は前を見たまま、両手を横にふった。

そこに立つ人影へ躍《おど》った鞭は、半ばから切り飛ばされていた。

次の攻撃を、吉岡は躊躇した。その若者がどちらの手も動かさないのに気づいたのと、途方もない美貌に我を忘れたのである。

「てめえは――」

愕然と麻スーツが叫んだ。

「まだいたのか――秋せつら⁉」

そこにいた全員が一瞬、めまいを覚えた。誰もが最低二度目のめまいだった。「魚辰」の店先を埋めていた殺気と敵意の空間《スペース》は完璧に打ち砕かれていた。――美によって。

「あんた……戻って来て……」

呆然とつぶやくタッちゃんに、人捜し屋と名乗った若者は軽い会釈を送ってから、立ちすくむゴロツキどもに視線を戻して、

「帰るつもりはなかったようですのでね」

と言った。見えない糸が、若者とゴロツキどもをつないでいるなどと、タッちゃんには信じられないことであった。

「先は譲ったぜ。いまはおれたちの番じゃねえのか」

麻スーツがこわばった表情で言った。両手で首や腰を撫でるのが、タッちゃんに疑念を抱かせた。

「何をしようと、あなたの勝手だ」

秋せつらは、あくまでも茫洋としている。

「でも、それで魚辰さんが、僕に悪意を抱いては困ります。――話し合いは穏《おだ》やかに」

見ようによっては、いや、どう見ても、良家のぼんぼんが、町のゴロツキに説教している図だ。どんな結果になるかは明白だろう。しかし、それを一〇〇パーセント裏切って、ゴロツキどもは神妙に、無言で耳を傾けている。

麻スーツが、いきなり、背中を向けた。

「おい――引き上げるぞ」

ひと言放って歩き出す。残りもあわてて後を追っ

た。最後に、例の大男と吉岡が残った。どちらもせつらをにらみつけた。それも数秒で、せつらの美貌に耐え切れなくなったか、二、三度頭をふって歩み去った。

「凄えな、おい」

とタッちゃんは、裸の真由を座敷へ上げてから、救い主に声をかけた。

「あんなゴロツキどもを、ひとにらみで追い返しちまった。——どちらさん?」

「人捜し屋です」

「——あいつらも、誰かを捜してると言った」

タッちゃんは少し言葉を濁した。誰を捜してるんだい、と訊きかけて、
に変えた。

「あいつら、何者だい?」

「新宿三丁目の『新侠会』という暴力団です。スーツを着ていたのが、副会長の双財《そうざい》、でかいのが大《だい》祥《しょう》って若頭です」

ここでうなずき、一行が去っていった方角を見やって、

「今度は帰りました」

と言った。

「——わかるのかい、あんた?」

「何とか」

「少し話をしてもいいかい?」

「はあ」

知りたいことは幾らでもあった。気持ちを鎮めようと、タッちゃんは座敷の方を見た。

障子が開け放しだ。はっとした。その奥に、健太の小さな顔が見えた。男たちが占めていた空間を、身じろぎもせずに凝視する小さな顔に、まぎれもない感情の色を認めて、タッちゃんは不安に胸を苛《さいな》まれた。小さな顔から立ちのぼる感情は怒りだった。

4

開店と同時に、人の波が押し寄せた。冗談でも誇張でもない。それこそ、シャッターがくぐれる位置まで上がった途端、血相変えた主婦たちが、地響きをたてて店いっぱいに広がったのだ。

ここ五日ほどずっとこうだから、タッちゃんはもう驚かなかったが、それでも、

「鮪のお刺身」

「あたし、大トロ」

「中トロを差別するな」

「蛸《たこ》と烏賊《いか》」

「はっは、おめーの顔が蛸だ、このヤロー」

「なんだってえ」

一遍にこれだけの声の一〇倍ほどが店内で煮えたぎると、これはもう、やや怖気《おぞけ》をふるわざるを得ない。

用意した一〇〇食分が、売り切れるまで、どっちが先よ、あたしだわ、うるさい、このデブ、と狭い店内でダイナミックに展開される主婦同士の喧嘩を仲裁し、何とか無事に送り出す——これだけで一年分も体力と神経を浪費した気になる。唯一の慰《なぐさ》めは、この一年分が、現実では一〇分足らずということだった。

まさに、「魚辰」の一日の仕事は朝の一〇分で終わってしまい、その一〇分で、これまでの一〇日分の売り上げが購《あがな》われてしまう。

はじめのいちにちふつかは近所の主婦連中ばかりだったが、三日目からは見慣れない顔も多くなった。

何処《どこ》からと尋ねると、〈新宿〉中の地名が挙がった。ほとんど一日で、「魚辰」の名は〈魔界都市〉に広まったのである。

いや、正確には「魚辰」の刺身の名が。客たちの讃辞をまとめるとこうなる。

「こんなにも金っ気がついてなくて、きれいで、おいしいお刺身、食べたことない」

客の誰もがそう言う。タッちゃんと真由と母親が訊かなくても言う。そのたびに、タッちゃんはぞくぞくするほど嬉《うれ》しくもあり、ちょっぴり哀しくもあるのだった。刺身は一切れ残らず、健太がさばいたものだったからだ。

あの事件の翌朝、タッちゃんが眼を醒《さ》ますと、店の方で何やら人の気配と、かすかな音がする。たちまち眠気が吹っとび、事態の認識がはじまった。すぐに結論が出た。まさか。「魚辰」には、子供もいないのに四畳半の子供部屋がある。そこを開けると、はたせるかな健太はいなかった。空の寝床に触れるとわずかだがぬくもりが残っている。

真由と母親を起こさぬよう、足音を忍ばせて店へ下りた。午前四時——外の空気が青く染まる頃合だ。

そこで、タッちゃんは自分の身長に合わせた木箱の台に俎板を載せ、右手をふり上げてはふり下ろしている健太を目撃したのだった。

タッちゃんは、その後で起きてきた真由と母親に、何処か虚《うつ》ろな眼差しと口調でこう言った。

「健太の手——どんな包丁よりも切れるんだぜ」

それから、彼は築地へと出かけ、戻ってくるや、健太に二メートルもある鮪を与え、後ろの二人に、見ていな、と指示した。

「あんた、どうかしちゃったの？」

と真由は、狂人を見るような眼差しをタッちゃんに与え、母親も、

「こんな子供に——おまえは阿呆か」

と罵《ののし》った。

そのとき、健太の右手が上がり、二人は、窓から

流れ込む朝の光の中で、サーベルのごとき形状と鋼のかがやきを帯びた彼の手を見たのだった。

さして速くもない、優雅とさえ見えるひと打ちで、一〇〇キロを超《こ》す鮪の頭部は切断された。ほれぼれとする切り口であった。二人の女は声も出なかった。

あまりにもきれいでうまいと評判が立ったせいで四日目に、タッちゃんも名前だけは知っている高名な料理研究家が白い髭《ひげ》を撫でながらやって来た。

出された刺身をひと目見て眼を見張った研究家は、ひと切れを呑み込んでから、この料理人の顔を見るまでは帰らんぞと宣言した。

このときまで、タッちゃんは健太を人前に出してはいなかった。暴力団との一件や健太の手のこともあってためらったのである。言葉を尽くして辞退したが、研究家はとにかく会わせろの一点張りで、ついには哀願しはじめた。このような見事な刺身を口にして、料理人に会わずに帰ったのでは、明日から、やっていけなくなると涙さえ流した。

会わせろ一点張りのときは、てやんでぇ、えらそーにと尻をまくっていたタッちゃんも、そう出られると弱い。ついに根負けして健太を連れてきた。周りの見物人は驚きの声を上げたが、研究家は何度もうなずき、こんな話をした。

かつて唐《とう》代の王宮に、神人《しんじん》と呼ばれた名料理人がいた。彼にはひとりの子供がおり、よちよち歩きの頃から調理場に出入りして父の仕事ぶりを見学していたが、五歳の誕生日に、皇帝へ出す大鹿を、父や他の料理人が見ていないうちに解体してしまった。使った道具は、自分の右手だけであった。

全員が蒼白となり、ついで、驚嘆した。解体された鹿は、そのまま皇帝の卓へ出してもおかしくない、芸術的ともいうべき姿をさらしていたのである。彼らは相談の上、それを黙って供した。バレたときの打ち首は覚悟の上である。はたして皇帝は見た目の美しさに狂喜し、その味に驚嘆した。

「当時の料理の極意は、〝天上の味わいを出すこととされていました。料理人の誰しもが望み、誰しもが半ばあきらめていたそれを、五歳の男の子が成し遂げてしまったのです。いかに研《と》ぎ抜かれた刃物でも、俗界の食材を使って天の食卓に供する味を出すことはできない。それを可能にするのは、神の手を与えられた人間だと言われておりました。おかしくはありませんぞ、ご主人――この街ならば――〈魔界都市〝新宿〟〉ならば、あなたのお子さんが、その手を与えられても、決しておかしくはありません」

こう結んで老研究家が立ち去った後、タッちゃんは、相も変わらず無表情な健太の頭を、はじめて撫でてやった。

「おめえ、えらい餓鬼《がき》なんだな。何なら、うちの子供になるか？　じっくり仕込んでやるぜ」

そして、タッちゃんは声が出せなくなった。代わりに、そばにいた真由が、あああと喚いた。

「あんた――この子」

このくらいの子供は誰でもそうだ。誰でもこんなことができる。人は天使のようだという。健太は、そんな笑みを浮かべているのだった。

その晩、健太が眠ってから、ぼんやりと手酌で冷や酒を飲《や》っているタッちゃんへ、真由がこう話しかけた。

「あんた、本気であの子を、この家の子供にしようと思ってるんじゃないだろうね」

「阿呆」

とタッちゃんは即座に言い返した。

「誰がそんなこと考えてるもんか。あの子には別の家族がいる。おれは、ひょんな巡り合わせで、一時《いっとき》預ってるだけさ」

「――それならいいんだけどね。でもさ」

と真由は遠い眼をした。何かを懐かしがっているような眼差しであった。

「でも、何でえ?」

「いいや、何でも」

と真由は小さく激しく頭をふって、それきりタッちゃんが何を訊いても口をきかなかった。

――健助《けんすけ》のこったな
タッちゃんには察しがついていた。あまり、その辺の勘のいいほうじゃあないが、今度は間違いない。

六年ばかり前、二人には五歳になる男の子がいた。それが健助だった。どちらも子煩悩《ぼんのう》な夫婦は、それこそ眼に入れても痛くない程の可愛がりようを見せた。それまで、斗酒《としゅ》なお辞せず――一日一升、ウィスキーなら一本を欠かしたことのないタッちゃんが、健助が無事に生まれた日から、ぴたりと酒を絶ち、呑み助仲間から、裏切り者よばわりされたほどである。当時、健在だったタッちゃんの父親も、タッちゃん夫婦と奪い合うほどの可愛がり方を見せた。

健助は、さして利発とはいえなかったが、貫禄と思いやりがあった。タッちゃんの家が新宿へ来たのは、両親の代からだが、その前は神田で魚屋をやっており、新宿へ移る前にタッちゃんが生まれたのであった。文字どおり、神田の生まれである。

〈新宿〉で生を受けた健助は、しかし、江戸っ子が自慢の「魚辰」の血を、鮮やかに継いでいた。

幼稚園で、いじめられている子供たちを庇《かば》い、単身、いじめっ子たちに立ち向かっていったと、担任から誇らしげに聞かされたとき、タッちゃんは、やったぜと手を打ち合わせ、それを聞いた祖父はうんうんとうなずきながら涙を拭った。だが、彼らの手から健助を奪ったのは、その祖父であった。

健助が五歳の誕生日を迎えた年の秋、祖父は四谷《よつや》の幼稚園から車で健助を連れ帰る途中、濃霧に巻き込まれた。〈新宿〉での濃霧は、たとえ〈第一級安全地帯〉といえども、悪鬼妖物の跳梁《ちょうりょう》を意味する。ただちに〈注意報〉が発令され、車輛はすべて運行停止、通行人は近くの建物か避難所へ入るよう指示された。パトカーもそれを告げて廻った。祖父もこんな場合の処置は知悉《ちしつ》していた。普通なら大過なくやり過ごせたはずであった。

暗い運命は、前日の晩から健助に眼をつけていたのかも知れない。幼稚園へ行くときから熱っぽいと言っていた健助は、車内で突然の発熱に見舞われたのである。

汗みどろになり、火の玉のような状態で呻く孫の姿に、祖父は動転した。そして、暗い運命の送り手は、二人の乗用車の後ろに、救命車を配置していたのである。ドアとドアとの間の距離は三メートル。普段なら、それが充分すぎるくらい死に踏み込んだ距離と心得ていた祖父が、ドアを開けてしまった。

救命車の運転手によれば、子供を抱いて夢中で走り寄って来る途中で、霧が二人を包んだ。すぐに出て来た。子供を抱く格好をした老人だけが。以後、健助の姿を見たものはいない。

祖父は翌日、自裁した。

タッちゃんの酒量が増えたのは、そのあたりからである。二人は以後、子供をつくらなかった。

――おれが健太とつけたのも、真由は気に入らなかったかも知れねえな。卓袱台《ちゃぶだい》をはさんで、空の一点に眼を据えた妻に、タッちゃんはある不安を抱いた。

翌日から、それは現実となった。真由は別人のように、健太へ当たりだしたのである。

やれ、音をたてて飯を食うな、水を飲むな、箸《はし》の使い方がまずい、少しは何かおしゃべり。

健太はやはり無言である。無表情である。それが気に入らないねと、真由は頭をごつんとやる。そして、お前なんか、健助に勝てやしないんだから、とつけ加える。

あまりの仕打ちに見かねて、タッちゃんが止めると、ふん、とそっぽを向いて何処かへ行ってしまう。後で、どういうつもりだと訊いても、何もしゃべらない。何だか泣きたいのをこらえているようにも見えて、タッちゃんも、あまりきついことは言えない。母親に相談すると、しばらく考え、当分は好きなようにさせておやりとだけ答えた。

秋せつらが訪れたのは、タッちゃんの家族がひとり増えてから半月後のことだった。

「よお」

と挨拶してから、隣りで刺身をこしらえてる健太の頭に手を載せ、

「こら、挨拶しろ。おれたちを助けてくれた、強《つよ》いお兄さんだぞ。ははあれ、この野郎、後ろに隠れやがった。はは、いくら無愛想でも、あんたのハンサムぶりには胸がときめくらしいぜ」

タッちゃんの腰のあたりから顔だけ覗かせている少年へ、せつらも珍しく笑顔を見せた。

急に何か憶い出したように、タッちゃんは、彼の後ろへ眼をやり、

「あいつら、どうしたい？」

と訊いた。「新俠会」のことである。

「ご存知なかったんですか？」

せつらは、どうしてお前が知ってるんだ、とつっ込みたくなるような、のほほんとした声で訊き返した。

「何をだい？」

「あそこ、つぶされましたよ」

タッちゃんは眼を丸くした。あんな化物揃いの組でもやられるのかと思った。

「やっぱり、〈新宿警察〉だ。凄えなあ」

「違います」

「あー？」

「誰かが、あいつらの事務所へ殴り込みをかけたんです。あのとき、嫌がらせに来た双財も大祥も、ボスの矢崎《やざき》も斬られました。みな、身体中、ばらばらにされて」

「…………」

「でも」

「でも？」

タッちゃんは身を乗り出すようにした。夜を着たような若者が、次に何を言うのか、わかっていた。

「鉄も切る神剣か何かで斬られたみたいに、それは美しい死体だったそうですよ。きちんと盛りつけられているみたいだと、現場の警官が言ってました。助かったのは、あの鞭使い——吉岡だけでした」

茶飲み話みたいな、春爛漫《はるらんまん》の語り口なのに、タッちゃんは心底冷たくなった。

5

「で、あんた——今日は何で？」

ようやく声が出たのは、隠れていた健太が俎板の前へ戻って、梶木鮪《かじきまぐろ》をさばきはじめたときだった。

「約束の日です」

「え？」

「お忘れでしたか？」

「いや、憶い出したよ。あれ——今日だったかい？」

「ええ」

「まいったなあ」

タッちゃんは、大きな手で顔を撫でてから、健太の方を見た。ふり上げる右手は刃に変わっている。せつらの眼にもとまっているはずなのに、驚いた風もない。ま、この街の人間ならみなそうだ。

「もう少し待ってくれねえか」

済まなそうに切り出した。

「依頼人に話さなくてはなりません。これまでのことは例外なんです」

「それはわかるけどよ。な、もう半月、いや一〇日でいい。例外のついでに頼まあ」

「困ります。それに――あのときは、自分の子のようで離れ難いから、今日まで死ぬほど可愛がってやりたいというお話でした。そうも見えません」

「いや、あんた、これは――」

抗弁しかけて、タッちゃんはあきらめた。確かに、店の手伝いをさせているとしか見えまい。依頼人に健太の存在を知らせなくてはと言うせつらに、何とか例外を認めさせたときの言葉とは裏腹の行為といえばいえる。

「それもそうだな」

と肩をすくめたとき、せつらは彼に背を向けて、健太に近づいた。

身を屈めて、健太と同じ高さになった。タッちゃんは、はじめて美しい人捜し屋に男としての好感を抱いた。

「面白い？」

と彼は訊いた。

少年は黙って右手を動かした。鮪の腹がきれいに裂けていく。

せつらは黙って健太の顔を眺めている。小さな顔がふり向いた。照れているのだった。

「面白い？」

せつらがまた訊いた。

今度はすぐに、小さくこくりとした。

「よかったね」

せつらはやさしく健太の髪を撫でた。それから、立ち上がって、タッちゃんのところに戻ってきた。

「一〇日間待ちます。その間に終わらせてください」

タッちゃんは、久しぶりに他人に頭を下げて感謝した。

「では——一〇日間ですよ」

のんびりと念を押して、せつらが立ち去ってすぐ、タッちゃんは座敷へ上がり、砥石《といし》を取って戻って来た。何本かの切れ味の落ちた包丁がある。道具は自分で研ぐのが、「魚辰」代々のやり方だった。

「おい、健太、研ぎ方を——」

声がすぼまる前に、健太の姿がないのに気づいていた。


四谷三丁目の交差点まで来て、せつらは寄り道をすることに決めた。

これまで、彼はある怪現象について考えていた。前にも気にかかっていたことではあったが、ここしばらく失念していたのである。どうやら、記憶の何処かに小さな朱色の染みのように去り難く留まっていたらしい。なぜ、再び発現してきたかはわかっている。

怪現象とは「新侠会」一派の死に様であった。

検死の結果、死亡時刻は、「魚辰」を襲った日の深夜——午前一時前後と判明した。それが死をも怖れぬゴロツキどもを、死神が訪問した時間だったのである。

死神が姿も見せず死の大鎌《がま》をふるったのでないことは、拳銃や短機関銃、レーザー砲まで射ちまくったゴロツキどもの死体と、穴だらけの室内が証明している。

ところが、見たとは必ずしも断言できないのだ。

なぜなら、死体の半数は、武器を手にしていながら、一発も射った形跡がなく、身体の向きもすべて異なる。——つまり、四方を向いて警戒中に殺害されたとしか思えないのであった。

　事務所にいた人数は二五名——殺害現場こそ異なるが、一階ではうち二〇名が惨殺されていた。あたかも、眼に見えぬ死神の訪問を知って、恐怖のあまり射ちまくり、或いは四方に眼を配りながら。

　せつらは〈新宿通り〉を〈左門《さもん》町〉方面へ曲がり、二本目の交差点を右へ折れた。

　二〇メートルほど進むと、小さな公園が左手に見えてきた。

　正面は三メートルほどの鉄板をつなぎ合わせた壁で塞がれている。

「最高危険地帯：立入禁止」

　と赤ペンキで大書された看板が貼り止めてあった。

　壁の前まで歩き、せつらは軽く地を蹴った。

　ゆるやかに舞い上がった姿は、黒ずくめの美しい魔性のようであった。


　壁を越えて着地した地点で、せつらは四方を見廻した。

　整然と手入れされた公園が広がっていた。〈最高危険地帯〉には、清掃車など入らない。あらゆる生物が立ち入り禁止だ。それなのに、〈魔震〉以来封印された小公園には、雑草一本のびず塵《ちり》ひとつ落ちていないとしか思えなかった。

　せつらの足下に、小さな影が落ちた。それはみるみる濃くなり、鞭使いの殺し屋——吉岡の姿を象《かたど》って、音もなく彼のかたわらに舞い下りたのである。

　びゅっと音をたてて、二本の黒鞭が拳に巻き取られた。

「いつから、気がついてた？」

　と彼はせつらの顔を見ないようにしながら訊いた。尾行の意味だろう。

「はじめて会ったときから」

　とせつらは答えた。

「ほう。なら、やる気と取っていいな」

「いいとも」

のんべんだらりとした答えである。死の覚悟どころか、まるで友人と遊びに行くようだ。

突然、ふたりは左右に跳ねとんだ。一〇メートルも離れて吉岡の拳から唸りをたてて鞭が噴出した。

せつらはもう一度、空中に躍った。

二条の死の蛇を巧みにかわして、五メートルも後方の木立ちに舞い下りる。

「ところでね」

と声を上げた。

「おお、何だ？」

と吉岡の声が応じた。

松の木陰へ入り、せつらは眼を凝《こ》らしたが、殺し屋の姿は捉《とら》えられなかった。

「どうして、僕を狙う？」

「あの餓鬼を手に入れるのに邪魔だからさ。そんなこともわからねえのか、トンチキ。おめえ、顔だけで頭ん中は空っぽだな」

せつらは少し考え、

「あなたの組は壊滅した。それでも彼を狙う？」

「もう個人の仕事さ。あの餓鬼の値段を知ってるか？　一〇億だぜ。組へ入りゃ、おれたちにははした金しか廻ってこねえが、おれひとりなら――わかるだろ」

「えーと――金の亡者め」

「やかましい」

苦笑混りの声と同時に、ひとすじの黒線が松の幹を叩いた。

幹は生々しい内側を示して裂けた。二本目が残った部分に巻きつき、根本から引き抜いた。

せつらは音もなく後退した。あんなものに巻かれたら、その刹那に二つにされてしまう。彼は木立ちを縫って走った。

鞭は追ってきた。木立ちを避けなどしない。触れれば幹は裂け、引き抜かれた。

「うわ」

せつらが奇妙な動きを示した。足を滑らせたのである。体勢を立て直そうとするその首と腰にぴしりと死の鞭は巻きついた。

猛烈な死の力《パワー》は、しかし、加わらなかった。

「どう？」

せつらはこう訊いてから、首の鞭に手をかけた。それは何の抵抗もなく外れた。腰の分も外してから、

「少しゆるめたよ」

と声をかけた。

苦しげな声が、手から伝わってきた。

「いつから……こんなもので……おれを……縛りつけやがっ……た？　答えろ……」

「はじめて会ったときから」

驚愕の気配が細く小さく感じられた。

それは別のものも運んできた。

周囲の光景が、突然、光を失った。忽然とせつらは闇の中にいた。

瞬時に閃《ひらめ》いた。

これが、「新侠会」を訪れた死神の正体だ。

突如、襲いかかった闇の中で、恐怖のあまり発砲する奴、冷静に敵を感知しようと努力する奴――そのどちらにも、死神は公平に死の大鎌をふるった。

吉岡を失神させようと力を加えた利那、チタンの糸は張力を失った。

切られた。

思いきり身を伏せたのは、第六感の動きというしかない。

まさに一〇分の一秒と数ミリの差で、頭上をかすめた一撃は、せつらの人生で最も凄まじいものであった。

妖糸を放った。それは何の手応えも伝わらず闇に包み込まれた。

気配さえ摑めなかった。闇はそのための闇であるらしい。

真昼に生じた暗黒の中で、確実な死がせつらを捉えようとしていた。

次の攻撃ですべては決着するだろう。

せつらはそれでも妖糸を放つ準備を整えた。

不意に地面がゆれた。——動揺の気配がすぐ前方に生じ、沈んだ。地面が陥没したのだ。

闇が急速に薄れていく。

靴底に異変が生じた。

妖糸をひとすじ、記憶しておいた壁の外の木立ちに巻きつけ、せつらは身を躍らせた。巨大なハサミが地の下から盛り上がった。人間のこしらえた工芸品に酷似している。

追ってくる。これほど遅く感じられる飛翔は、二度とないだろうと思った。公園を清掃し、清潔な棲家を望んでいるものは、三メートルを超すハサミを有しているようであった。

その切先が、せつらの足首をはさんだ刹那、かっと骨を断つ音がして、巨大なハサミは二つのきらめく断片に化けつつ地上へと落ちていった。

6

戻ってきた健太を見て、タッちゃんも真由も眼を剝いた。頭のてっぺんから足の先まで土まみれだ。店先に立っているだけで、髪の毛の先やジーンズの裾から土塊《つちくれ》がこぼれている。

真由が真っ先に駆け寄って、

「何処へ行ってたのよ、何、これ？」

と肩を摑んでゆすった。さらに激しい土と砂のシャワーが石の床を弾いた。

健太は黙っている。悪いことでもしたのがバレたみたいに、うつ向いて、いつもの無表情が、今ははっきりと哀しげだ。

真由がもう一度、同じことを訊いた。同じ反応だった。真由の手が上がって、健太の頬が鳴った。

「よせ、この唐変木《とうへんぼく》」

タッちゃんが二発目を押さえた。

「子供が泥まみれになるのは当たり前《めえ》だ。親なら喜べ」

「親だって？」

いきなり、真由はふり返って、夫をタジタジとさせた。

「どうやれば、あたしがこの子の親になれんのよ？　言ってごらん。どうすればいいのよお？」

「いや、こら、落ち着け」

「あんたなんかより、あたしのほうが一〇〇倍も万倍もこの子を手もとに置いときたいよ。籍入れて、あたしの子供だって届け出したいよ。近所中呼んで、祝って貰いたいわよ。だけど、出来っこないのはわかってる。あんたもあたしも、義母さんだってわかってる。この子は——」

「およし！」

と、座敷から下りてきた母親が叫んだ。

「子供にそれを言っちゃ駄目だよ」

真由は拳を口に当てて、息を吸い込んだ。喉の詰まったような音が大きくした。

そのまま、だって、だってと洩らした。

だって、だって、いくらこの子が可愛くたって、この子は去《い》っちまうのよ。

そして、真由は健太を抱きしめ、声を上げて泣きはじめた。

「よさねえか、みっともねえ」

タッちゃんがシャッターのスイッチを押した。闇が店内を支配するまで、真由は泣きつづけた。

タッちゃんはその肩に手を載せた。

「わかってる。ようくわかってらあ。健太が誰かも、どうなっちまうのかも、な。だから、決めたんじゃねえか。おれもおまえも、だから、健太がひとりで生きてけるようにって――」

わかってる、ともう一度聞こえた。みなが、そっちを見た。健太はもううつ向いてはいなかった。黒い瞳がゆっくりと驚愕を象った三人の顔を映していった。

「わかってるんだ……僕が誰だか……これからどうなるのか……でも……怖くて……恐ろしくて……何にも言えなかったんだよ」

新侠会のゴロツキどもを鮮やかに撃退してのけた日、せつらは三人にこう話したのだった。

健太は、〈区外〉の某大企業が、〈新宿〉に設《もう》けた研究室から生まれた新生命体だ、と。

両親から売りさばかれた幼児に加えられる、ほとんど無限回に等しいDNAと〈新宿〉の妖気との組み合わせが生んだ現代のキメラだ。その肉体と精神の探求の成果は、会社に計り知れない富をもたらすことだろう。

だが、健太より五歳年上で、一年早く実験に供された少女が、その運命に異を唱《とな》えた。

執拗《しつよう》に迫る企業の追手から逃れるべく、少女は健太をタッちゃんに托し、自《みずか》らは闇に消えた。単身で追手を迎え討つつもりだったのかどうかはわからない。だが、健太が「魚辰」へ来て二日後に研究所は閉鎖されたと、せつらは言った。

「その代わり、僕が依頼を受けました」

「新侠会」一派は、別ルートから健太の情報を仕入れ、せつらと競合したらしい。不幸というしかない。

「……僕……長い間、辛かったよ……毎日毎日、身体のあちこちに……針を打たれて……手とか……お尻とか……肉を切り取られて……眼の球を……抜かれたことも……あるんだ……助けて欲しくても……誰も来てくれない。何にもされないのは……僕が誉《ほ》められるのは……手が変わった……とき……それで何かを切って見せたとき……それだけ……」

小さな眼に、はじめて、光るものが宿った。それが頬を滑る前に、真由はもう一度、健太を抱きしめた。

「なんてことをするんだろね……こんな小さな子供に……子供が欲しくて欲しくて……それでも我慢してる夫婦がいるってのにさ」

健太は、この家の子になりたかったと言った。なれなくても、ずうっとここの家にいたかった。みんな、やさしかったと言ったときに、タッちゃんの眼から大粒の涙が頬を伝わった。

「だから……僕……僕を連れていこうとする奴……小父《おじ》さんと小母《おば》さんに手を出した奴は許せなかった。あいつらは、みんな斬ってやった。さっきの、きれいなお兄さんも――」

三人が、ひっと息《いい》を呑んだ。

「……でも、斬れなかった……」

ふへえ、とへたり込む三人を、健太は不思議そうに眺めた。

何とか起き上がって、タッちゃんは健太の肩に手を載せて、励ますように言った。

「おめえが、普通の人間じゃねえのは、最初からわかってた。『新侠会』が全滅した晩、おめえがここでさばいてたのは人間の腕だったからな。『新侠会』の奴らのだろ。おれは感謝したよ、健太。ああ、おれに、上手にさばくのが見せたいんだ、おれの仕事を習いたいんだって、な」

やくざの生き死になんてどうでも良かった。血まみれの刺身になった腕も、気味が悪いとも憐《あわ》れだとも思わなかった。あのとき、血腥《なまぐさ》い店の中で、タッちゃんの胸に湧き上がったものは、健気《けなげ》に生きようとする生命への、嘘いつわりのない感動であった。

それは同時に、健太との訣別《けつべつ》を意味した。

「人を殺した者を、この家に置いてはおけねえよ」

と彼は健太に言った。

「だから、おれと真由は、おめえを一人前の板前にしようとした。あれだけ見事に刺身をつくれりゃ、何だってやれる。立派にこの街で生きてけるさ。ここはどんな人間にも厳しいが、逆に言やあ、どんな人間でも生きていけるところなんだ」

タッちゃんは、台と俎板の方を見た。まだ、彼にはしなくてはならないことがある。父親が子供に教えるように。

「さ、つづけるか?」

とタッちゃんは促した。

「うん」

健太はうなずいた。

風に流れる雲のような早さで一〇日が過ぎた。

その間に、タッちゃんは一三年間に「魚辰」で身につけた全《すべ》てを健太に教え込んだ。

明日が期限という晩、彼は健太に着替えと金の入ったバックパックを背負わせ、こっそりと送り出した。

「秋さんに嘘をつくことになるが、後はおれが腕切っても詫びる。達者で暮らしてけ。この街なら大丈夫だ。いずれ警察や企業の手先がここへ来るだろう。もう戻ってくるな。けど——虫のいい話だが——時どきは憶い出してくれよ」

少年は、しょんぼりとその場に立って三人を見上げた。

その姿は、小さく、頼りなく、とても心細げに見えた。

「ねえ」

と彼はすがるように訊いた。

「やっぱり、僕、ここにいちゃあ駄目なの？」

「おれたちに、おめえがしょっぴかれていくのを見せてえのか？」

「…………」

「早く——行け」

「……やっぱり……ここにいたいよ、父さん」

タッちゃんの身体が震えた。

「ここにいさせてよ……母さん」

真由が、ああと呻いて店の中へ駆け込んだ。母親も後につづいた。

「あばよ」

タッちゃんは自分の声を遠くに聞いた。こんな子供にこんなことの言える奴は人間じゃねえと思った。いつの間にか、自分も〈新宿〉の魔性に取り憑かれていたのだろうか。いつの間にか、皮膚も肉も骨も食い荒らされ、別のものに変えられて、自分でもそれと気づかぬ別人になり変わって。

タッちゃんは走って「魚辰」の店内に入った。

真っすぐスイッチのところに行き、シャッターを閉めた。縮んでいく外の光景の中に、いつまでもウォーキングシューズをはいた子供の足が残っていた。

やがて、それも消え、シャッターが下りると、タッちゃんは立ったまま泣いた。

「あんたあ」

奥ですすり泣き混りの真由の声が聞こえた。

「来るんじゃねえぞ、べらぼうめ」

泣いているのを気づかれては、江戸っ子の沽券《こけん》に関わる。

「健太はもう、別の世界の人間なんだ。うちとは関係ねえ。未練たらしくするな」

ぼんやりと店の前に立っている所在なげな少年の

姿を思い浮かべて、盛り上がってくる涙を、またこらえた。

シャッターが凄まじい悲鳴を上げたのは、その刹那だった。

蛍光灯の光に、床から一メートルほどのところに生えた鎌の先みたいなものがぎらついている。

死神だ、と思った。「新俠会」の連中のもとを訪れた死神が、ここへもやって来たのだ。

だが、なぜ?

「どうしてだ、健太?」

叫びは、シャッターの切断音にかき消された。それが三度つづいて、鉄の板に人ひとりが通れるくらいの長方形の空間《スペース》が切り抜かれた。

健太が入ってきた。

「どうして、僕を追い出すの?」

少年は哀しげに訊いた。まぎれもなく、それは精神《こころ》の底からの叫びであった。


それなのに――タッちゃんの血は凍りついた。

「ここに置いて。お店の手伝いでも何でもする。だから、ここに置いて」

「いけねえよ、健太、おまえはここにいちゃいけねえ。すぐにお巡りが来るんだ」

「なら、その人から庇っておくれよ。父さんならそうして。母さんならそうして」

そのとおりだと、タッちゃんの胸の中で暗く首肯するものがいた。

びゅっと風が鳴り、胸のあたりを横に灼熱《しゃくねつ》の痛覚が走った。

「――健太、何をするの⁉」

と真由が叫んで、駆け寄った。

「あたしたちは、父さんと母さんのつもりで、あんたを」

「父さんと母さんなら、僕を捨てやしないよ」

静かな声が三人を石に変えた。健太は泣いていいなかった。涸《か》れ果てたのである。

「どうして、僕を追い出すんだよ、父さんと母さんのくせして」

健太の右手がふりかぶられるのをタッちゃんは見つめた。

すっ、と切先がこちらに流れ——停止した。

健太がなおも手を動かそうと努力し、無駄と悟ってふり向いた。

シャッターの向こうの人影は、黒くかがやいていた。それは月光のせいではなく、闇の中に浮かぶ美貌が、全身を発光させているのであった。

タッちゃんも気がついた。

「秋さん——どうして？」

どっと安堵が湧いた。つづけて不安が。

せつらと健太を不可視の糸がつないでいることなど、タッちゃんの予想の外であった。

「このまま、警察へ届けます」

と伝えて、せつらは歩きだした。健太も泳ぐような足取りで後につづく。

「待ってくれ」

とタッちゃんが走ってせつらの前に出た。

せつらは立ち止まった。

「連れてかないでくれ。健太は、うちで引き取る。おれは、とんでもねえ間違いをしちまった。自分の子のように思いながら、本当はいずれ放り出しちまう気でいたんだ」

せつらは、ちら、と後ろの健太へ眼をやり、

「でも」

と言った。

「おれは嘘つきだった。健太が怒るのは当然さ。だが、もう裏切りゃしねえ。虫のいいやり方はおしまいにするよ。誰が来ても何が来ても、この上はおれが守ってやる。だから、置いてってくれ」

背後で、健太と呼ぶ真由と母親の声が聞こえた。

Sue
mi

声は夜に流れた。

「実は、依頼主の裏切りが発覚しました」

とせつらは言った。

「は？」

「『新侠会』の連中――奴らが勝手に動いていたと思ってたら、同じ依頼主から依頼を受けてたんです。ついさっき、契約は解除してきました。健太くんの去就《きよしゆう》については、もう関知しません。警察へ行っても、こちらへ置いていっても差し支えないのです」

「なら――」

せつらは少し考えた。この世のものならぬ美貌を、翳《かげ》のようなものがかすめた。

「彼に決めてもらいましょう」

健太の身体が同時に弛緩し、彼は尻餅をついた。すぐに起き上がり、せつらとタッちゃんを交互に見つめた。ひどく穏やかな、大人びた表情をしていた。ズボンの尻をはたいて、健太はタッちゃんに頭を下げた。

「ありがと」

短く言って歩き出した。澄んだ笑顔だった。

「健――」

と呼びかけて、タッちゃんは声が出なくなった。終わりが来た、とわかっていた。健太は無言で彼のかたわらを過ぎた。前を向いたまま。

「ひとりで行くのか」

去っていく小さな影に、その声が届いたとは思えない。

「おっ⁉」

タッちゃんの口から、鋭い叫びが迸《ほとばし》ったのは、健太の影が次の交差点に達したときだった。

道の向こうに立つ少女を、常夜灯の明りが幻のように照らし出していた。黄色いワンピースを着ている。手をふった。

健太が走り寄り、二人は手をつないで歩き去った。一度もふり向かなかった。

「何とか、やってくさ」

とタッちゃんはつぶやいた。後ろで真由と母のすすり泣きが聞こえた。

「行っちまいましたね」

と秋せつらが言った。その声の響きに、タッちゃんは別の意味を読んだ。だとすれば、返事はこれしかなかった。

「てやんでぇ、こちとら、江戸っ子でぇ。哀しくなんかあるもんか」

虎落笛
もがりぶえ

街は澄《す》んでいて寂しげであった。厚く暗いコートを着込み、背を丸めて歩く人々の吐息《といき》が白い。眼に沁《し》みる。

性質《たち》の悪い餓鬼《がき》どもが、夜の間にぶちまけた水のせいで、路面の表面には五センチもの氷の層ができ、煙草《たばこ》の吸い殻や靴痕《くつあと》を太古の物みたいに封じ込め、乗用車や酔っ払いやホームレスを転倒させるのだった。

冬。そのさなか。どんな街でも、人がひとりきりに見える季節だが、〈新宿〉では格別であった。〈区民〉は切り離されてしまう。世界から。すべてから。親と子は手を離し、恋人たちも肩を寄せ合いはしない。

みな黒々と、白い世界をうつ向いてすれ違い、去っていく。誰が一緒でも、ひとりきりで。

なぜ〈区民〉に限ってそう見えるのかは謎だ。〈魔震〉で死亡した人々の霊がそうさせているのだという説がある。不可視の妖魔の仕業《しわざ》だという者もいる。或《あ》いは単に、凍《い》てつく冬のせい、だとも。

――それが正しいのかも知れない。

駅から真っすぐ家の近くまで来て、せつらは足を止めた。

さっきから頭上で風が鳴っている。見上げれば電線が激しくゆれて――虎落笛《もがりぶえ》であった。

彼を知る者が見れば、度胆《どぎも》を抜くような事件が起こった。

冬のさなかでも春うららのような面貌《めんぼう》を、感情の色がかすめたのだ。

奇蹟はいつも、一瞬に決まっている。顔を戻して歩き出そうとしたせつらの美貌は、外気の厳しさに似つかわしからぬ、いつもどおりの——のほほんとしたものであった。

　家の見える角を曲がったところで、せつらはまた足を止めた。

　せんべい店の横——秋人捜しセンター《DSM》の正門ともいうべき垣根の前に、焦茶のオーバーを着た老人が立って、奥を覗きこんでいる。

　入ろうか入るまいか迷っている依頼人——という風情《ふぜい》だ。

　一メートルに近づいたせつらが、あのお、と声をかけるまで気づかず、きょろきょろしていたのが、やっとふり向き、ぽかんと口を開けた。

　その瞳に映った像は、網膜から水晶体を直進して脳に灼きつき、永久に離れない。秋せつらの美貌であるが故《ゆえ》に。

「あのお」

　とせつらがもう一度声をかけても、老人はぽかんとしたままで、その耳に口を寄せ、わっ、とのんびり叫ぶとようやく我に返った。

　はたして、彼は依頼人であった。しかも、

「職業は——殺し屋だよ」

「はあ」

　とせつらは驚いた風もなく応じた。人捜しを求めている依頼者は、人間ばかりとは限らない。人に身をやつした妖物がいるわ、〝声〟だけを直接、脳へ送ってくる精神体のみの存在も多い。

　へえ、驚かんなと感心してから、老殺し屋は、依頼の内容を口に乗せはじめた。

　話し終えると、殺し屋は、炬燵《こたつ》の台に置かれた渋茶を、いれ直そうとするせつらを止めて、きゅう、とやり、その後で眼を閉じた。

「苦《にが》かったですか？」

　と自分の湯呑みを見つめながら訊くと、

「いいや」

と殺し屋は答えた。

「年だな。ひとつ大事なことを忘れていたよ」

「はあ」

「わしが現場を離れたとき、何もかも終わってから跳びこんだとき、何処《どこ》か遠くで、似たような音が聞こえた。あれは――」

せつらはすぐに答えた。眼を閉じなくても、耳を澄まさなくてもわかっていた。

「虎落笛です」

と彼は言った。


玄関を出るとき、老人は、殺し屋の依頼も聞いてくれるとは聞かされてたが、と言って、せつらの手を握った。

「まさか、本当だとは思わなかったよ。礼を言う」

せつらは茫洋《ぼうよう》と黙っている。

「じゃあ」


と言って狭い庭を横切り、垣根のところへ行くと、殺し屋はふり返って、意味ありげな笑顔を向け、

「あんた――もう奴が何処にいるか、わかってんじゃないのかね?」

と訊《き》いた。


それから一時間と少し後で、見た者の魂までとろかす美貌は、余丁町《よちょうまち》にある〈新宿霊園〉を訪ねていた。


はためには、2LDKほどの小ぶりな建売住宅が並ぶ一角でしかない。だが、家々の窓はすべて黒いカーテンが引かれ、夜も昼も一点の明りさえ滲《にじ》んでは来ないのだ。――音さえも。

無言で建ち並ぶ家々を墓の列に見たてて、人々は〝霊園〟と呼んだ。

地所の半《なか》ほどに建つ一軒の前で、せつらはチャイムを押した。

それは陽の光に横を向いた邸内に、空《むな》しく鳴り響いたに違いない。

せつらはノブを廻した。鍵はかかっていない。〈新宿〉の通称を考えれば、大胆どころの話ではなかった。

闇が愛しげにせつらを押し包んだ。

光の中へ逃れることができたが、せつらは闇を選んだ。

家の構造は、ドア前に立ったとき放った妖糸——千分の一ミクロンを誇るチタン鋼の糸が伝えていた。

玄関の先は二〇畳近いダイニング・キッチンだ。その先に振り分け式の二間——八畳と六畳とがある。

せつらの眼は闇のただ中で、ひっそりと床上に正座した娘の姿を捉えた。家具ひとつない。闇が詰まっているだけだ。

ベルが呼ぼうと、開きっ放しのドアから誰が入って来ようとも、この娘にはどうでもいいことなのだ。死者は生者の世界に何の関心も持たない。それが普通だ。

「もしもし」

と声をかけると、いつまでも消えないが、はかない影のように身じろぎもしない娘が、

「久しぶりね——秋くん」

と言った。状況からは想像もつかない明るさを含む声であった。

「久しぶり」

とせつらも返した。こちらもどこかおかしい。どこかが違う。

「訊きたいことがあって」

「暮葉《くれは》くんのことね」

「当たり」

何年も前から、光を封じた屋敷の一室で、食事も水も摂《と》らずに生きているだけの娘に、なぜ訪問の目的がわかるのか、せつらは知っていた。光を封じた屋敷の一室で、食事も水も摂らずに生きているだけだからだ。

「何処にいる?」

「『トワイライト・エリア』に。――深夜」

「…………」

「三人でよく行った場所よ」

娘の声に追憶は感じられなかった。長い間、この部屋にいて、忘れてしまったのかも知れない。

「敷島《しきしま》――」

「もう来ないで。あなたに彼の居場所を伝えるためにここにいたなんて、思いたくないの」

「ありがとう」

とせつらは言った。最初からこう言って別れるつもりだった。でなければ、長いこと、返す言葉を捜して、立ち尽くしていたかも知れない。

闇の中で背を向け、玄関へ歩き出した。

送る言葉はなかった。

ドアを開けると朝の光がせつらを包んだ。家の中の娘には無縁の光だった。

深夜までどうやって時間をつぶすか、せつらはぼんやりと考えた。

「トワイライト・エリア」は、余丁町の飲み屋街の中でも目立たぬ一軒であった。

目抜き通りから細い横道を入った端にあるのだが、横道自体が細すぎるため、酔漢の眼には滅多に留まらない。

青いネオン・サインのきらめくドアを押すのは、昔ながらの常連の手ばかりで、この店にはそれがふさわしい。

せつらの靴底で、分厚い床板がきしんだ。それはすぐ、人の声に化けた。

「こいつぁ――」

ちらほらと人影の止まったカウンターの向こうで、マスターが昔より白くなった自慢の口髭をつまんだ。

驚きの口調は、すぐにこわばって、

「――よく来たな。何年ぶりだね」

固い声と表情の原因はせつらにもわかっていた。

店の左奥の方から、

「どきなよ、兄《にい》さん、おれたちはここが気に入ったんだ」

柄《がら》の悪い声が聞こえてきた。

隣りにいたバーテンがカウンターを脱《ぬ》けようとするのを、マスターが止めた。

「巻き添えを食うと死ぬぞ。それでもいいのなら」

せつらはゆっくりとそちらの方へ歩を進めた。二人掛けらしい椅子の背に隠れて見えない人物へアベックの若い男の方が絡んでいる。

「おい、どきなよ」

男が痺《しび》れを切らしたように、身を屈《かが》めて、見えない相手の胸ぐらを摑《つか》んだ。

手編みらしいコバルト・ブルーのマフラーを巻いたその身体が、突然、痙攣《けいれん》した。

「あーあ」

とせつらは洩らした。何が起き、どうなるのかまで見抜いたのだ。

若い男が手を戻し、片方の手でその手首に触れた。異常はないらしく、すぐに胸と首に移し、椅子の相手へ眼をやったが、はっきりと怯《おび》えがあった。

きょとんとしている女の方を見て、

「行くぞ」

と声をかけ、大股に戸口の方へ歩き出した。せつらの横を抜けたとき、妙にこわばった、運命を察したような顔つきをしていた。

ドアが閉じる前に、せつらはその席に近づいた。

この店でただひとつのボックス席からは、昔馴染《なじ》みの油の匂いがした。マスターが毎日磨いているに違いない。でなければ、椅子もテーブルもとうの昔に腐り果てているはずだ。あの想いに支えられた時間をテーブルに置かれた洋燈《ランプ》の仄《ほの》めきが、ひっそりと留めていた。

それは、ビニールのシートに守られた椅子や古風なテーブルとともに、青いコートをまとった美しい若者の形を取っていた。

暮葉真吾《しんご》。

せつらの耳の奥で、身を切るような音が鳴った。

「無茶をするな」

とせつらは声をかけた。止めたのではない。単なる感想であった。

こちらを向きもせず、バタードラムのグラスを手にした若者は、うすく笑った。懐しさも歓喜もない。笑いの形をつくっただけである。

「おまえに言われたくないな」

「おまえを捜している殺し屋がいる。〈区外〉から来た真壁《まかべ》という老人だ。来てもらえるか？」

「相変わらず仕事熱心だな」

暮葉真吾はグラスを傾けた。濃密な匂いを口もとに漂わせて、

「何処まで知ってる？」

と訊いた。

「全部だ」

真壁老人は、国際犯罪組織「ガーディニア」の東京支局長専属の殺し屋兼ボディ・ガードであった。〈区外〉での犯罪は激化の一途を辿《たど》り、その結果疲《ひ》弊《へい》した従来の国産暴力団、やくざ組織は、海外の同類の侵入を許した。

最新兵器や強化人間を駆使する強敵に対して、やくざ側は、この国で唯一彼等を凌駕《りょうが》し得る〈新宿〉

の〝力〟を求めたのである。

支局長の息子の誕生日を祝うパーティが、〝力〟のお披露目《ひろめ》となった。

日比谷《ひびや》にある老舗《しにせ》の大ホテルはじまって以来といわれる豪華なパーティは、一瞬のうちに地獄と変わった。

真壁老人が突然の腹痛に襲われたのは、或いは僥倖《ぎょう》であったかも知れない。

会場を出たとき、彼はある音響を耳にし、戻ったとき、ふたたびそれを聴いた。

そして、ドアを開いた会場の内部には、支局長の一家を含む出席者とホテル側スタッフ全員の屍《しかばね》があったのである。

文字通り、それはあった。転がってはいなかったのである。

老人ははじめ、異和感を感じ、すぐに悪い悪戯《いたずら》かと思った。

そうではないと勘が教えた。

誰ひとり、みじろぎもしていない。司会者はマイクを右手に、口を開いたまま、支局長一家は満足気な表情で、祝辞を述べるべく立ち上がった出席者の方へ眼をやったまま、ある者は拍手の格好で、ある者は椅子にもたれ、テーブルに片肘をついたまま、ボーイたちは壁にもたれ、コンパニオン・ガールは、トレイに載せた飲み物をテーブルに置いた格好のまま——

誰ひとりみじろぎもしない。

老人はかたわらに立つボーイを見つめ、拳銃を握ったのと反対の手で、その肩を掴んだ。

首が落ちた。

それは重々しい打撃音をたてて、どんな一流の料理人でも惚れ惚れとするほどの切り口を老人に示したまま停止した。

それが合図であったろう。

残り全員の首が次々に胴から離れ、それから、鮮血が噴《ふ》き上がった。

犯人の出自は、その日のうちに判明した。

「ガーディニア」NY本部のコンピュータも、東京支局のそれも、〈新宿〉出身のヒットマンの仕業と結論したのである。

それから三日をかけて、〈新宿〉の資料を頭に叩きこんでから、真壁老人は「四谷《よつや》ゲート」を渡った。

やられっ放しは殺し屋のプライドが許さなかったし、職務怠慢の罪状の下に、「ガーディニア」の黒い刺客たちが、彼を追いはじめたからであった。

暮葉は、ゆっくりと息を吐いた。それは笛のような音をたてた。

「仕事をはじめるときと終わりに息を吐く癖は、やめるつもりでいたんだが。聴かれたか」

暮葉は苦笑を浮かべた。何ら感情の伴わない笑みを。

「――ところで、どうして、ここだとわかった？――三奈《みな》のところへ行ったのか？」

「そうだ」

「あの一角に住んでいるのは、抑え切れない不幸を胸に抱いたものたちだ。だから、家から一歩も出ない。哀しみのあまり、食事を摂ることも忘れている。そこへ、おまえの用を持ち込んだのか？」

「外谷《とや》にも、おまえの居どころは摑めなかったんだ」

「――三奈に会いたくなったのか？」

せつらは、ひどく自分がひとりきりなのを意識した。

「いいや」

グラスの残りを一気に干して、暮葉は立ち上がった。

「外へは出るが、一緒には行かない」

せつらはぼんやり、わかった、と言った。

人の気配を感じてふり向くと、マスターが立っていた。トレイにクリーム・ソーダの入ったグラスが載っている。

「勝手にこしらえたが、よかったら、呑んでってくれ。おごりだ」

「どーも」

せつらはグラスを取ってストローを咥《くわ》えた。

暮葉が先にボックスを出て、勘定を払う間、ソーダ水を飲み干し、アイスクリームをひとすくいやった。

マスターの方を見て、暮葉が、

「じゃあな」

と言った。

「——おい」

とマスターは声をかけ、

「——昔のこったぞ」

小さく白髪頭をふった。

「わかっている」

「ちょっと待ちな」

彼はカウンターの下に身を沈めた。三〇秒で顔を出した。

「ほれ」

手にした品を放った。暮葉が受け止めた。どこぞやのブティックのものらしいきらびやかな包装紙の内側で、鉄の触れ合う音がした。

「それを使ってくれ——な？」

二人の顔を見て言った。せつらへ向けた視線の方が、少しきつく少し冷たかった。

手の中で重さを確かめるように動かし、暮葉は包みをコートのポケットへ落とした。

「ありがとう」

「なんの」

ふと、せつらはＢＧＭが「いつだって《オールウェイズ》」なのに気がついた。

いつだって、暮葉とマスターはこうやって別れたのだ。三奈と自分も。

店を出ると、暮葉は通りまで歩いて、近くの駐車場へ入った。

〈夜間第三級危険地帯〉に指定されたこの一角は、夜、ごくたまに物騒な妖物がうろつくため、駐車場を利用する人々は極めて少ない。車を丸ごと呑まれる怖れがあるからだ。

寒々しい常夜灯の下に広がる空間《スペース》は優に五〇台を収容できるくらい広かった。一台の車もない。

奥まで歩き、二人は三メートルほどの距離を置いて対峙《たいじ》した。

暮葉は左手で、ゆるいウェーブのかかった髪をかき上げた。

マスターの包みを取り出して破いた。

二つのかがやきが生じた。まばゆくて安っぽい。二挺の回転式拳銃《リボルバー》のステンレスの肌に常夜灯が点《とも》っている。

S・W・M31——通称〝チーフ・スペシャル〟の片方を、暮葉はせつらに放った。

「おれたちの武器を使うよりは、と思ったんだろう——マスターらしい気配りだ」

せつらは、ぼんやりと手の中の火器を見つめているばかりだ。

暮葉は急に歩き出し、せつらのほとんど眼の前で停止した。

この距離なら射撃の技倆は関係なくなる。相手に向けて引金を引けば当たる。

チーフを握った右手を自然に下ろして暮葉は言った。

「昔、一度やった。覚えているか?」

せつらは、うん、と答えた。

「おれが勝った。おまえは拳銃を動かすことさえで

きなかった」

そのとき、記憶にも残っていない拳銃の銃口は、確かにせつらの眉間に向けられていた。

「三奈が手首を切った日だ。おれはおまえを殺すつもりだった。どうして、引金を引けなかったのか、今でもわからない」

彼は小さな撃鉄《ハンマー》を起こした。せつらの銃も、かすかな音をたてた。

「昔の話だ。今ならおまえの技倆《うで》も上がったろう。遠慮はいらない。今度は撃つ。——三奈のところへ行ったのは、おれを救うためだの、三奈がここを教えたのは、おれを気にしているからだなどと言うな」

「わかってるさ」

「おまえは何もわかっていない。いつだってそうだ。三奈を抱いてもやらなかったくらいな」

二人を包む空気が、ぎん、と凝結した。


常夜灯だけが見た。

二人の美しい若者の右手が、音もなく相手の眉間へ来るのを。

小さな金属音が鳴った。その余韻が消える前に、

「さすがはマスターだな。気の配りすぎだ」

弾丸は込められていなかった。どちらも拳銃を手にしたときから、それはわかっていた。

何か言おうとして、せつらは携帯の着信音を聞いた。

勘が無理させなかった。

耳に当てると、返事も待たず真壁老人の声が、

「三つ数える間に離れてくれ」

言うなり切れた。同時に、少し離れたアスファルトの上に、固いものがぶつかる音がして、二人の足下に黒い球体が転がってきた。

ヒューズの燃える音は、木枯しに似ていた。

駐車場での手榴弾《ハンド・グレネード》の爆発は、さして近所の人々

を驚かしはしなかったが、駐車場内の妖物の多くを殺戮し、負傷させるには貢献した。

「いやあ、済まん」

と真壁老人は、炬燵《こたつ》の向こうで深々と頭を下げた。本気としか思えない。恐縮し切った表情で、

「いや、しかし、あんたが助かって良かった。巻き添えを食ったんじゃないかと、気が気じゃあなかったが、傷ひとつないとは、いや、手榴弾を投げ込むタイミングが実に良かったんだなあ」

「聴きましたか？」

とせつらは訊いた。

「ああ、虎落笛——あれで、奴が生きているとわかったね。哀しい音色だ」

「冬ですからね」

せつらはにべもなく言ってから、老人の前に契約書を滑らせた。

「契約解除の欄にサインなさって下さい。一部はそちらで保有願います」

「そう言うなよ」

あわてた風に見えるが、ポーズなのは、せつらの眼に一目瞭然だった。

「第一条第一項——〝依頼人が契約者Aの生命を危険に陥らせるような行動を取った場合、意図的であるとないとにかかわらず、契約は打ち切られるものとする〟これに該当しますね」

その文言を指でさし、せつらは、サインをと繰り返した。

「しかし、一応、連絡もしたじゃあないか」

「サインを」

ここだけ聞けば、何だか締まりのない押し問答のようだ。せつらの茫洋さはいつもと変わらず、しかし、真壁老人は、あっさりと両手を上げた。

「しかし、これにサインしていいものかどうか、ひ

とつ、訊いておきたいのだがな」

「どーぞ」

せつらはにべもない。

老人は、上衣のポケットから携帯を取り出し、スイッチを押さずに、呼びかけた。

「もしもし、三奈さんかい？　真壁だが」

その全身が一瞬のうちに硬直した。骨まで食い入った不可視の糸の仕業である。

声だけが出た。それこそ糸のように細い声が。

「もう〈区外〉へ移した。わししか知らん場所だ――く」

最後のくは、切断された苦鳴である。

「何処にいる？」

静かに茫洋に不気味に問うせつらへ、

「そこの最初の一文字を口にすれば、わしは爆死する。同時に、あの娘の心臓も止まる。〈区外〉の仕掛けだが、〈新宿〉にも同じものはあるかね？」


こう言って、老人は破顔した。せつらと気の合いそうな、無邪気な笑顔であった。だが、彼は〈新宿〉一のマン・サーチャーの後を気取られずに尾《つ》けて、その知り合いらしい娘をさらい、殺害の仕掛《ギミック》けとともに放置した。一方は、白髪頭の老人の全身に、骨まで食いこむ激痛を与えて、のんびりとその苦悶を観察しているようだ。

「気に入らんかも知れんが、あの娘に薬を射ってな――あれこれ訊いてみた。あの娘があんな風に生きているのは、あんたのせいらしい。暗闇の中で、飲まず食わずでもいられる虫を、どっかで呑んだらしいな」

「…………」

「あの一角は、抱いてはいられないものを抱いてしまった人間が集まるところだ、と聞いたよ。高校の同級生を、あんな風にしてしまったのは誰だ？〈新宿〉一の殺し屋になった級友《クラスメート》か？　それとも、人捜し屋か？　おおおおお」

本物の苦痛に、真壁老人の声は嗄れ、両眼は反転した。寸前に言った。

「気を……失えば……」

せつらは糸をゆるめざるを得なかった。

「というわけで、あんたとの契約は解除できん。従って、わしはまだクライアントというわけだ。裏切りはできんよな」

老人は手足を揉みながら、

「君が契約の履行を死んでも守ることは調査済みだ。依頼を遂行してもらいたい」

「第一条第六項――不当な条件の依頼は、いかなる場合も即時に中止できるものとする」

「今回のみ、抹消してくれよ」

老人は、オーバーの上から胸を叩いた。座敷でも脱がない。そういう客も多いから、せつらは気にしなかった。もっとも、その内側の品は、垣根をくぐる前に調査済みだ。

三奈を使って暮葉を捜し出してくれ、と老人は済まなそうに要求した。

「彼は君を憎みその分、あの娘さんを心にかけておる。それを利用しない手はあるまい。憎しみと想いの相乗効果で必ずやって来る。〈新宿〉一の殺し屋が、そんなに甘いわけはないという顔をしているな。だがな、あんた、いつも自分の身を案じて汲々としているような奴が、殺し屋になるなんて思うかい？　わしがいい見本さ。こんな自分なんか、いつこの世から消えたって構やしない。けどな、自分で死ぬ度胸はない。だから、誰かに始末して欲しいんだが、ただ殺されるのも嫌だ。そこで人を殺す。殺される理由はできた。ところが、いざ自分の番になると、潔くなんて言葉は頭から消し飛んでしまう。おかげで、今ものうのうと生きてるのさ」

老人はコートの前を開いた。

その胴に巻かれた古風な円筒を見て、せつらはためいきをついた。

発破《はっぱ》――ダイナマイトである。胸には、おまけのように四個の手榴弾がゆれている。余丁町の駐車場で使ったのと同じ品であった。

ボス以外、はじめて他人に見せるよ、と真壁老人は苦笑しながら言った。

「これで相手を脅して、ひるんだところをズドンなんてえんじゃねえ。こんなことがバレたら、スコープ付きのライフルで、ボスごとばらばらだ。こいつは、わしの、いわばお守りみたいなもんさ。なんたって、効き目が失《な》くなりゃ、楽に死ねる。こいつが無事なら、余計な怪我《けが》もしないってことだ。不思議と気が楽だったな。だが、守るボスもいなくなれば、もう効力もないだろう。あんたのもと級友も連れてくさ。あんたはその前に逃げてくれ。娘さんの居所は、そんときに教える」

「気の弱い殺し屋だな」

とせつらは呆《あき》れたように言った。

「でも、僕は彼の居場所を知らないよ」

老人はオーバーのポケットへ手を入れて、

「それは、わしにまかせたまえ。君は、このレコーダーに、ひとこと吹きこんでくれればいい」

その夜、〈新宿区〉提供のTV番組「伝言板の時間」は、放送開始以来、二度目の快挙を為し遂げた。

午後六時から翌朝六時までの十二時間が丸ごと買い取られ、白髪の老人が、暮葉真吾に告ぐ。番組終了までに局へ連絡をくれ。さもなければ、大事な女性の死に目に会えない、と涙ながらに訴えたのである。

千本近いかたり電話がかかったが、その中に、望む一本があったのである。

せつらの家の六畳間で、局から転送された電話を切り、真壁老人は、しみじみという感じでうなずいた。午前四時——彼の録画放送は、まだつづいているはずだ。

「本日の午前六時——大久保《おおくぼ》二丁目の廃墟で待つそうだ。あと二時間しかないな。牛丼屋で腹ごしらえでもしていくか」

せかせかと、彼は立ち上がった。

寒そうだな、とせつらは思った。その耳の奥を、笛のような風音が過ぎた。

明け方にふさわしい空とは言えなかった。

雲は暗黒とかがやきとを孕《はら》みつつ東から西へと流れ、廃墟の奥へと向かう二人の影を呑みこんでは吐いた。

駅から徒歩五分——大久保通りに面した廃墟はかなり広大であった。五〇〇坪はある。

多くの建物が復興しても、何故か放置されたままの区画が、食いちぎられた痕《あと》のように人目につく。航空写真を見ると、それは自ら所属する地帯に刻まれた人や動物の顔を構成しているという。

ただし、恐ろしいとも不気味ともつかぬ表情で、多くの写真が焼かれ或いは供養の後に寺へ収められた。

〈魔震〉は自らの傷痕を沈黙した後もなお、残さずにはいられなかったのだ。

今にも崩れ落ちそうな瓦礫《がれき》の山を縫いながら進む二人の足が、申し合わせたように止まった。

風音の中に、鋭い響きが混ざったのだ。笛のような。

せつらの右側の瓦礫が崩壊したのは、次の刹那であった。

轟きと地響きを下方に聞きつつ、彼は真壁老人を小脇に抱えて、五メートルもの高みに跳躍していた。のみならず、空中にすっくと立ったのである。

「おまえが相手か、せつら?」

何処からともなく、暮葉の声が流れて来た。

「道案内」

茫洋と答える頭上で風が鳴り、雲が流れた。

「帰れんぞ」

「それは困る」

「相手は、わしだ」

と真壁老人が胸を叩いた。

「彼は関係ない。姿を見せたまえ。そうしたら、秋くんには、まっすぐ、三奈さんのところに行ってもらう」

「また三奈に、その顔を見せるか、せつら?」

暮葉の声は、虎落笛のように鳴った。

「それなら、ここで死ね」

次の瞬間、二人は大きく前へのめった。せつらを支える妖糸が断たれたのだ。

「わー」


絶叫よりも歓声に近い声を、頭上からふり注ぐ数百トンのコンクリ塊が呑みこんだ。

「無事ですか?」

せつらの問いに、老人はうなずいた。茫然たる表情は、彼を風と雲と空から遮断した四方の瓦礫を目撃中だからだ。

それは二人のいる空間を直径一メートル、高さ二メートルのドーム状に残して、世界を埋め尽くしていた。

「——なんとか」

ようやく答えた。

「しかし——これは一体……?」

「糸で押さえてます。でも、バランスが微妙だ。動かずに」

数百トン、数十万個の瓦礫を、わずか数十条の妖糸が防いでいるとは信じられないことであった。

「穴を開けないと」

ようやく、真壁老人がにんまりと笑った。

「まかせたまえ」

右手がオーバーの内側に入りこんでいるのを見て、せつらが、

「ちょっと――」

と声をかけた。

「安心しろ。これでも凝《こ》り性《しょう》でな。お守りについても色々と知っておる。たとえば、これくらいの物体を破壊するには、これだけの薬が要《い》ると――おれの後ろに来て、眼えつぶりな。口も開けて、な」

「はいはい」

のこのこやって来て、老人の背中に隠れると、せつらは眼を閉じた。両手を耳に当て、口を開く。

重い衝撃波が頭を叩き、コンクリの破片がふりかかってきた。

意外とつつましい反応だったが、眼を開けたせつらの前方の瓦礫は、きれいに吹き飛んでいた。

「大したもんですね」

さすがに感心したように言うと、真壁老人は、どーもどーもと応じながら、素早く外へ出た。せつらも後につづく。

立ち上がったとき、ひょおと笛が鳴った。

瓦礫を取り除《の》けた前方の広場で、青いコートが冬の光を浴びていた。

「約束を守ろう」

と真壁老人は、渋谷の駅前近くにある住所とマンションの名を告げた。

「そこの七〇五号室にいる。心臓が止まると言ったのは嘘だ。眠っているだけだ」

「狸《たぬき》」

とせつらは言った。罵《ののし》ったつもりだが、呼んだとしか聞こえない。

「世話になった。謝礼はもう振り込んである」

老人は地を蹴った。最初からそうやって死ぬつもりだったのか、真っしぐらに暮葉めがけて突進していく。途中でへばらなきゃいいがと、せつらは少し気になった。

暮葉まであと五メートルというところで、老人の身体は縦に裂けた。

突如発生した血煙が晴れるのを待たず、せつらは身をかがめた。

独特の気配が近づいてきた。

ほとんど空気に同化した気配——野辺に咲く一輪の花の香りに紛れて、消えてしまいそうな気配。

迎撃の用意は整っていた。

同じ気配を暮葉も感知したに違いない。

妖糸はもつれ合い、夢のようなきらめきを散らして、双方の手に戻った。

暮葉もまた、妖糸を使うのだ。

「鈍っていないいな」

とせつらが眼を細めた。ほとんど眠りかけている風に見える。

「仕込んでくれた相手が良かった」

元の位置を動かず、暮葉は微笑した。

「だが、鈍ったな——師匠」

音もなく忍び寄る妖糸を、巧みに指先で弾きとばしたはずが、それは指に巻きつくような動きを見せて、せつらの右肩を襲った。

そっと触れただけで、鮮血が飛んだ。

新たな糸が流れ寄ってきた。

せつらは動かない。

「死ぬか、せつら」

暮葉の声に、

「いいや」

と彼は応じた。同時に、炎と黒煙が暮葉を包んだ。転がった真壁老人の身体が爆発したのである。

老殺し屋にとって、まさしく、肉を斬らせて骨を断

つ最後の手段であったろう。せつらが知っていたわけではない。だが、想像もつかないとはいえなかった。

虎落笛。

昔の友、青春の友――だが、今は死を賭《と》して戦う相手だった。

せつらは爆発の跡に近づいた。

真壁老人の身体は跡形もなく、暮葉の死体も見つからなかった。アスファルトの上に、点々と血痕が廃墟の奥へとつづき、途中で切れている。

「逃げたか」

せつらはつぶやいた。胸の中にある感情が湧いた。無念か安堵かは考えないようにした。

すぐに背を向け、せつらはもと来た道を辿りはじめた。

三奈を救出しなくてはならない。

五、六歩行って、せつらは足を止めた。

遠い冬の空を笛に似た音が渡っていった。

あとがき

〈新宿〉を舞台に物語をこしらえているくせに、最近は御無沙汰《ごぶさた》もいいところである。不景気のせいで、出版社が連れてってくれなくなったのと、贔屓《ひいき》の店がつぶれてしまったのが原因だと思う。

貴重な誌面をおかしなことに使って恐縮だが、これも成り行きなので、弁解させてもらおう。

昔、赤坂《あかさか》で歯医者の帰りに書店へ寄り、愛読している芸能ゴシップ関係の雑誌を買って地下鉄に乗った。

吊り皮につかまりながら、さあ、読んでみよ、とページを広げたら、いきなり太字でどーん。

「風俗大好き作家・菊地秀行が――」

おお一発で出た、と喜ぶよりも早く、私は困惑した。あれから五年はたつが、世の人々は私が三日と空けずに歌舞伎《かぶき》チョーのルーマニア・パブやランジェリー・パブやなんとかしゃぶしゃぶに通い詰め、小説のヒロインとよく似たグラマーな美人相手にけしからん振舞いに及んでいると勘違いしているだろう。

そりゃ、昔はよく行ったよ。将棋のN原某氏ではないが、それは認めます。しかし、ここからが抗弁というか弁解になるが、別に私はいやらしい行為が目的で、えっちらおっちら鼻の下をのばしながら出かけたわけではないのだ。

私は店のサービスが過激だとか、裸の女性が多いとかでは絶対に動かない。店だの数だのにはキョーミがない。人間関係とはあくまでも個人対個人のつながりがベースであって、良く行く店には、好みの女の子がいたのである。じゃあ、どんな娘《こ》が好みかというと、余計なお世話である。ところが、その娘が六本木《ろっぽんぎ》へ移ってしまった。したがって、私も外出しなくなった。六本木は遠すぎるのである。他の女の子を探せばいいじゃないかという多情な関係者の発言もありそうだが、私はキミたちとは違うのである。ヒジョーに好みがうるさいのだ。キミたちの夫人に似た女の子など、真っ平《まっぴら》ごめんである。

とにかく、そういう事情で、私は取材や鍼《はり》や打ち合わせ以外では、歌舞伎チョーに出ていない。

嘘だと思うなら、私の家の前で張ってみな。私より先に張り込み陣が、新宿だ、カブキチョーだと喚《わめ》き出すだろう。ノー××しゃぶしゃぶはどうだとにんまりするあなた、あなたも張り込んでごらんなさい。年末に一回こっきりそれも編集者との忘年会に使うだけと、はっきり書いていただきたい。

これがフーゾク大好き作家の正体なのである。だから、私は著者近況欄にひとこと、と申し込まれると困惑する。

「今日の飯はまずかった」「髭の剃《そ》り方が甘い」「この頃、ゴミが多い」——読者が喜んでくれるとは、とても思えない。


さて、本書『魔界都市ブルース　孤影の章』についてだが、ハードボイルド・タッチから人情話まで、秋《あき》せつらの魅力全開である。しかも、書下ろしのおまけ付き。これだけ読者サービスを心掛けている作家に、

「毎晩、カブキチョーだなんて、失望しました。不潔だわ」

などと手紙を寄越すのは、何卒《なにとぞ》、やめてくらはいな。

二〇〇一年七月末
「美人島の巨獣」を観ながら

菊地秀行

●**初出誌**　月刊「小説ＮＯＮ」

ハイエナの夜　二〇〇一年　五、六月号

うしろの家族　二〇〇一年　七月号

こちとら、江戸っ子でぇ　二〇〇一年　八月号

虎落笛《もがりぶえ》　書下ろし

ノン・ノベル百字書評

キリトリ線

なぜ本書をお買いになりましたか（新聞、雑誌名を記入するか、あるいは○をつけてください）

- □（　　　　　　　　　　　）の広告を見て
- □（　　　　　　　　　　　）の書評を見て
- □ 知人のすすめで
- □ タイトルに惹かれて
- □ カバーがよかったから
- □ 内容が面白そうだから
- □ 好きな作家だから
- □ 好きな分野の本だから

いつもどんな本を好んで読まれますか（あてはまるものに○をつけてください）

●**小説**　推理　伝奇　アクション　官能　冒険　ユーモア　時代・歴史　恋愛　ホラー　その他（具体的に　　　　　　　　）

●**小説以外**　エッセイ　手記　実用書　評伝　ビジネス書　歴史読物　ルポ　その他（具体的に　　　　　　　　）

その他この本についてご意見がありましたらお書きください

最近、印象に残った本をお書きください		ノン・ノベルで読みたい作家をお書きください	

1カ月に何冊本を読みますか	冊	1カ月に本代をいくら使いますか	円	よく読む雑誌は何ですか	

住所					
氏名		職業		年齢	
Eメール		祥伝社の新刊情報等のメール配信を希望する・しない			

あなたにお願い

この本をお読みになって、どんな感想をお持ちでしょうか。

この「百字書評」とアンケートを私までいただけたらありがたく存じます。今後の企画の参考にさせていただきます。

あなたの「百字書評」は新聞・雑誌などを通じて紹介させていただくことがあります。そして、その場合はお礼として、特製図書カードを差し上げます。

前頁の原稿用紙に書評をお書きのうえ、このページを切りとり、左記へお送りください。Eメールでもお受けいたします。

〒一〇一・八七〇一
東京都千代田区神田神保町三・六・五
九段尚学ビル　祥伝社
NON　NOVEL編集長　猪野正明
☎〇三（三二六五）二〇八〇
nonnovel@shodensha.co.jp

NON NOVEL

「ノン・ノベル」創刊にあたって

「ノン・ブック」が生まれてから二年一カ月、ここに姉妹シリーズ「ノン・ノベル」を世に問います。

「ノン・ブック」は既成の価値に〝否定《ノン》〟を発し、人間の明日をささえる新しい喜びを模索するノンフィクションのシリーズです。

「ノン・ノベル」もまた小説《フィクション》を通して、新しい価値を探っていきたい。小説の〝おもしろさ〟とは、世の動きにつれてつねに変化し、新しく発見されてゆくものだと思います。

わが「ノン・ノベル」は、この新しい〝おもしろさ〟発見の営みに全力を傾けます。ぜひ、あなたのご感想、ご批判をお寄せください。

昭和四十八年一月十五日

NON・NOVEL編集部

NON・NOVEL—722

長編超《スーパー》伝奇小説　**魔界都市《まかいとし》ブルース　孤影《こえい》の章《しょう》**

平成13年9月10日　初版第1刷発行

著　者　菊《きく》地《ち》秀《ひで》行《ゆき》

発行者　村木博

発行所　祥《しょう》伝《でん》社《しゃ》

〒101-8701
東京都千代田区神田神保町3-6-5
☎03（3265）2081（販売）
☎03（3265）2080（編集）

印　刷　萩原印刷

製　本　明泉堂

ISBN4-396-20722-0　C0293

祥伝社のホームページ・http://www.shodensha.co.jp/

NON NOVEL

夢枕 獏 / 菊地秀行 / 半村 良 / 高橋克彦 / 豊田有恒 / 谷 恒生 / 山田正紀 / 高千穂 遙 / 今野 敏 / 南 英男 / 花村萬月 / 北上秋彦

- 魔獣狩り〈全三巻〉 夢枕 獏 サイコダイバー・シリーズ①②③
- 魔獣狩り外伝（聖母隠陀羅編） 夢枕 獏 サイコダイバー・シリーズ④
- 魔性菩薩《ぼさつ》〈上・下〉 夢枕 獏 サイコダイバー・シリーズ⑤⑥
- 美《び》空《くう》曼《まん》陀《だ》羅《ら》 夢枕 獏 サイコダイバー・シリーズ⑦
- 魍魎《もうりょう》の女王〈上・下〉 夢枕 獏 サイコダイバー・シリーズ⑧⑨
- 黄金獣〈上・下〉 夢枕 獏 サイコダイバー・シリーズ⑩⑪
- 呪《じゅ》禁《ごん》道《どう》士《し》（憑霊狩り） 夢枕 獏 サイコダイバー・シリーズ⑫
- 新・魔獣狩り〈六巻刊行中〉 夢枕 獏 サイコダイバー・シリーズ⑬〜⑱
- 牙 鳴り 夢枕 獏 長編新格闘小説
- 牙の紋章 夢枕 獏 長編小説
- 魔界行《こう》〈全三巻〉 菊地秀行 バイオニック・ソルジャー・シリーズ①②③
- 魔童子（魔界行異伝） 菊地秀行 長編超伝奇小説
- 妖殺鬼行〈上・下〉 菊地秀行 長編超伝奇バイオレンス
- 魔界都市ブルース〈七巻刊行中〉 菊地秀行 マン・サーチャー・シリーズ①〜⑦
- 魔王伝〈全三巻〉 菊地秀行 魔界都市ブルース
- 双《そう》貌《ぼう》鬼《き》 菊地秀行 魔界都市ブルース
- 夜《や》叉《しゃ》姫《き》伝〈全八巻〉 菊地秀行 魔界都市ブルース
- 鬼《き》去《きょ》来《らい》〈全三巻〉 菊地秀行 魔界都市ブルース
- 死《し》人《びと》機《き》士《し》団《だん》〈全四巻〉 菊地秀行 魔界都市ブルース
- 緋《ひ》の天使 菊地秀行 魔界都市ブルース
- ブルー・マスク〈全二巻〉 菊地秀行 魔界都市ブルース
- 〈魔震〉戦線〈全二巻〉 菊地秀行 魔界都市ブルース
- 魔王星〈全二巻〉 菊地秀行 長編超伝奇小説
- 鬼《おに》仮面〈全二巻〉 菊地秀行 長編超伝奇小説
- シャドー"X" 菊地秀行 魔界都市ブルース
- 魔校戦記 菊地秀行 長編超伝奇バイオレンス
- しびとの剣 戦国魔侠編 菊地秀行 NON時代伝奇ロマン
- 魔剣街 菊地秀行 魔界都市ブルース
- 魔人伝説 半村 良 長編新伝奇小説
- 笑う山崎 花村萬月 長編ハード・サスペンス
- 竜の柩《ひつぎ》 高橋克彦 長編伝奇小説
- 新・竜の柩《ひつぎ》 高橋克彦 長編伝奇小説
- 種の復活 The Resurrection of Species 北上秋彦 長編超級サスペンス
- 種《しゅ》の起源 The Origin of Species 北上秋彦 超級国際サスペンス
- ヤマトタケル〈七巻刊行中〉 豊田有恒 日本武尊SF神話
- 自爆半島 金正日《キムジョンイル》・最期の賭け 豊田有恒 緊急国際シミュレーション
- 紅《こう》塵《じん》 田中芳樹 長編歴史スペクタクル
- 栄光の艦隊・超戦艦「武蔵《むさし》」〈全五巻〉 谷 恒生 海洋戦記スペクタクル
- 八・八艦隊シリーズ〈全三巻〉 谷 恒生 大海戦スペクタクル
- 新宿夜叉《やしゃ》 谷 恒生 長編ハード・バイオレンス
- 24時間の男―一千億円を盗め 山田正紀 長編超冒険小説
- 装甲戦士〈二巻刊行中〉 山田正紀 長編超冒険小説
- 暗黒拳聖伝〈全三巻〉 高千穂遙 長編超アクション小説
- 黄金郷《レイン・フォレスト》を制圧せよ 大石英司 制圧攻撃機出撃す④
- 電子要塞《サイバー》を殲滅《せんめつ》せよ 大石英司 制圧攻撃機出撃す⑤
- 極北に大隕石《いんせき》を追え 大石英司 制圧攻撃機出撃す⑥
- 冥氷《めいひょう》海域 オホーツク「動く要塞」を追え 大石英司 長編冒険小説
- ゼウス ZEUS 人類最悪の敵 大石英司 長編超級サスペンス

NON NOVEL

門田泰明

勝目　梓

西村寿行

阿木慎太郎

生島治郎

田中光二

大下英治

大石英司

広山義慶

牛　次郎

家田荘子

松本賢吾

愛蔵版 黒豹全集
門田泰明 既刊26冊

黒豹キル・ガン
門田泰明 特命武装検事・黒木豹介

黒豹ダブルダウン〈全七巻〉
門田泰明 特命武装検事・黒木豹介

妖《よう》　戀《れん》
門田泰明 長編恐怖サスペンス 加賀田省平シリーズ

ふたたびの冬に屠《ほふ》る
勝目　梓 長編ハード・サスペンス

血《ルジラ》の翳《かげ》り
西村寿行 長編ハード・アクション小説

上海《シャンハイ》必殺拳
阿木慎太郎 長編ハード・アクション

悪狩《クズ》り
阿木慎太郎 ハード・サスペンス

弔《とむら》いの刃《やいば》
阿木慎太郎 長編ハード・サスペンス

エカテリンブルグ発 赤い死神《マフィア》を撃て
阿木慎太郎 長編国際謀略サスペンス

暴犬（あばれデカ）
生島治郎 連作ハード・サスペンス

武装突入 警視庁国際特捜 刑事・上海行
田中光二 長編ポリティカル・サスペンス

警官の血 警視庁国際特捜 刑事・復讐行
田中光二 長編ポリティカル・サスペンス

修羅《マフィア》の盃《さかずき》
大下英治 長編ハード・バイオレンス

龍《ドラゴン》の盃《さかずき》
大下英治 長編ハード・バイオレンス

小説日本ビッグバン
大下英治 緊急シミュレーション

小説日本買収
大下英治 緊急シミュレーション

Y2Kを狙え！ 小説・日本凍結
大下英治 緊急シミュレーション

ドル・ハンターズ 米国バブルを撃て！
藤原征矢《せいや》 長編経済サスペンス

女喰《ぐ》い〈十六巻刊行中〉
広山義慶 長編極道小説

悪名《あくみょう》伝〈全三巻〉
広山義慶 長編小説

黒虎（ブラック・タイガー）
広山義慶 長編ハード・サスペンス

紅《あか》い密使
広山義慶 黒虎シリーズ

黒獅子（ブラック・ライオン）
広山義慶 黒虎シリーズ

快楽師・犀門《さいもん》
広山義慶 長編ハード・ロマン

極道三国志焼け跡立志編
牛　次郎 長編ハード・バイオレンス

縄張り―死の六本木抗争
家田荘子 長編ハード・バイオレンス

悪友（ごろつき）〈全二巻〉
家田荘子 長編ハード・バイオレンス

特攻刑事〈全二巻〉
南　英男 長編サスペンス・アクション

毒　針
南　英男 長編ネオ・ピカレスク

毒　銭（どくぜに）
南　英男 長編ネオ・ピカレスク

毒　爪（どくづめ）
南　英男 長編ネオ・ピカレスク

裏社員反撃
南　英男 長編悪党サラリーマン小説

裏社員〈密猟〉
南　英男 長編悪党サラリーマン小説

裏社員〈凌虐《りょうぎゃく》〉
南　英男 長編悪党サラリーマン小説

嵌《は》められた街
南　英男 長編クライム・サスペンス

波濤《はとう》の牙―海上保安庁特殊救難隊出動す
今野　敏 長編レスキュー・サスペンス

スピード横浜探偵物語
横溝美晶 ネオ・ストリート・サスペンス

魔弾（マッド・フィーバー）
松本賢吾 長編刑事推理

時効（カウントダウン）
松本賢吾 長編刑事推理

捜査一課別係戒名《かいみょう》
松本賢吾 長編サスペンス

崩壊山脈
羽場《はば》博行《ひろゆき》 長編サスペンス

大空港炎上
羽場博行 長編サスペンス

海底の楼閣 東京湾アクアライン壊滅
羽場博行 長編パニック・サスペンス

斑鳩《いかるが》王朝伝〈十巻刊行中〉
藤川桂介 大河歴史ロマン

制御不能
釣巻《つるまき》礼公《れいこう》 長編ホラー・サスペンス

滅びの種子
釣巻礼公 長編サイエンス・ホラー

レイミ 聖女再臨
戸梶《とかじ》圭太《けいた》 長編新世紀《ミレニアム》ホラー

NON NOVEL

西村京太郎　笹沢左保　太田蘭三　内田康夫　斎藤　栄　和久峻三　日下圭介　梓　林太郎　井沢元彦　太田忠司　平野　肇　鈴木輝一郎

狙われた寝台特急「さくら」　西村京太郎　長編推理小説
臨時特急「京都号《サロンエクスプレス》」殺人事件　西村京太郎　長編推理小説
飛騨高山に消えた女　西村京太郎　長編推理小説
尾道に消えた女　西村京太郎　長編推理小説
萩《はぎ》・津和野《つわの》に消えた女　西村京太郎　長編推理小説
殺人者は北へ向かう　西村京太郎　長編推理小説
伊豆下賀茂《しもがも》で死んだ女　西村京太郎　長編推理小説
十津川警部　十年目の真実　西村京太郎　長編推理小説

殺意の青函《せいかん》トンネル　西村京太郎　長編推理小説
京都北白川殺人事件　山村美紗　長編本格推理小説
京都・博多殺人事件　山村美紗　長編本格推理小説
小京都伊賀上野殺人事件　山村美紗　長編本格推理小説
愛の摩周湖殺人事件　山村美紗　長編本格推理小説
恐怖の報酬　笹沢左保　長編サスペンス推理
殺意の三面《みおもて》峡谷　太田蘭三　長編冒険推理小説
脱獄山脈　太田蘭三　長編山岳推理小説

三人目の容疑者　太田蘭三　長編推理小説
誘拐山脈　太田蘭三　長編冒険推理小説
奥多摩殺人溪谷　太田蘭三　長編山岳推理小説
殺意の北八ヶ岳　太田蘭三　長編山岳推理小説
闇の検事　太田蘭三　長編推理小説
顔のない刑事　太田蘭三　長編推理小説
赤い溪谷　太田蘭三　長編推理小説　顔のない刑事シリーズ③
一匹竜の刑事《デカ》　太田蘭三　長編推理小説　顔のない刑事シリーズ④

蝶の谷殺人事件　太田蘭三　長編推理小説　顔のない刑事シリーズ⑤
断罪山脈　太田蘭三　長編推理小説　顔のない刑事シリーズ⑥
逃げた名画　太田蘭三　長編推理小説　顔のない刑事シリーズ⑦
潜行山脈　太田蘭三　長編推理小説　顔のない刑事シリーズ⑧
鮫《サメ》と指紋　太田蘭三　長編推理小説　顔のない刑事シリーズ⑨
恐喝山脈　太田蘭三　長編推理小説　顔のない刑事シリーズ⑩
美人容疑者　太田蘭三　長編推理小説　顔のない刑事シリーズ⑪
緋《あか》い鱗《うろこ》　太田蘭三　長編推理小説　顔のない刑事シリーズ⑫

富士山麓・悪女の森　太田蘭三　長編推理小説　顔のない刑事シリーズ⑬
密葬海流　太田蘭三　長編推理小説　顔のない刑事シリーズ⑭
発　射　痕《こん》　太田蘭三　長編推理小説　顔のない刑事シリーズ⑮
消えた妖精　太田蘭三　長編推理小説　顔のない刑事シリーズ⑯
摩天崖《まてんがい》　警視庁北多摩署特別出動　太田蘭三　長編推理小説
終幕《フィナーレ》のない殺人　内田康夫　長編本格推理小説
志摩《しま》半島殺人事件　内田康夫　長編本格推理小説
金沢《かなざわ》殺人事件　内田康夫　長編本格推理小説

喪《うしな》われた道　内田康夫　長編本格推理
函館《はこだて》・宮崎日南《にちなん》殺人旅情　斎藤　栄　長編本格推理
闇からの脅迫者　和久峻三　美人探偵　朝岡彩子事件ファイル
維納《ウィーン》オルゴールの謎　太田忠司《ただし》　長編本格推理
巴里《パリ》人形の謎　太田忠司　長編本格推理
東京「失楽園《エンジェル》」の謎　太田忠司　長編本格推理
さよならの殺人1980　太田忠司　長編本格推理
紫《むらさき》の悲劇　太田忠司　長編本格推理

NON NOVEL

吉田紘一郎
浅黄斑
釣巻礼公
楠木誠一郎
西澤保彦
北森鴻
小森健太朗
戸梶圭太
篠田真由美

最新刊シリーズ〈二〇〇一年九月現在〉

- 紅《くれない》秘宝団〈全二巻〉 菊地秀行 魔界都市ブルース
- 慶長太平記〈全三巻〉 半村良 NON時代伝奇ロマン
- 虚《こ》空《くう》伝説〈二巻刊行中〉 高橋直樹 NON時代伝奇ロマン
- 忍法水滸《すいこ》伝《でん》〈全二巻〉 戸部新十郎 NON時代伝奇ロマン
- 退《たい》魔《ま》針《しん》 邪神戦線 菊地秀行 長編超伝奇小説
- 蕩《た》らす 逆転！女喰《ぐ》い 広山義慶 長編悪党《アウトロー》小説
- みちのく蕎麦《そば》街道殺人事件 金久保茂樹 長編グルメ・ミステリー
- 江戸の検屍官 北町奉行所同心謎解き控 川田弥一郎 NON時代推理ロマン
- ベネチアングラスの謎 霞田志郎の推理 太田忠司 本格推理コレクション
- 大地震 台湾殺人旅情 斎藤栄 長編本格推理
- 陰陽師 安倍晴明〈全三巻〉 谷恒生 NON時代伝奇ロマン
- 飼育者 伊東恒久 長編ハード・ミステリー
- 緊急配備 太田蘭三 長編推理小説 顔のない刑事シリーズ⑰
- 首のない鳥 倉阪《くらさか》鬼一郎《きいちろう》 ジェットコースター・ホラー
- 黒祠《こくし》の島 小野不由美《ふゆみ》 長編本格推理
- 殺意は砂糖の右側に 柄刀《つかとう》一《はじめ》 天才・龍之介がゆく！痛快本格ミステリー
- 龍の黙示録 篠田真由美 長編超伝奇小説
- なみだ研究所へようこそ！ サイコセラピスト探偵 波田煌子《なみだきらこ》 鯨統一郎 本格推理小説
- 謎亭論処《めいていろんど》 匠千暁《たくみちあき》の事件簿 西澤保彦 本格推理コレクション
- 毒殺連鎖 春の旅・志摩《しま》からの殺人 津村秀介 長編本格推理
- 媚獄王《びごくおう》 魔界都市ノワール 菊地秀行 長編超伝奇小説
- 新・魔獣狩り7〈鬼門編〉 夢枕獏 サイコダイバー・シリーズ⑲
- 南紀潮岬《しおのみさき》殺人事件 梓林太郎 旅行作家・茶屋次郎の事件簿
- しびとの剣 魔王遭遇編 菊地秀行 NON時代伝奇ロマン
- 理不尽《りふじん》 南英男 長編クライム・サスペンス
- 波濤《はとう》の王 羽山信樹 NON戦国海洋ロマン
- 東京発ひかり147号 西村京太郎 長編推理小説
- 魔界都市ブルース 孤影の章 菊地秀行 マン・サーチャー・シリーズ⑧
- 呪禁官《じゅきんかん》 牧野修 長編ハイパー伝奇
- 明治必殺！ 楠木誠一郎 NON時代暗殺ロマン
- 鬼女《きじょ》の都 菅浩江 長編本格推理

四六判・最新刊〈二〇〇一年九月現在〉

- 大東京三十五区 冥都七事件 物集高音《もずめたかね》 探偵小説
- 双子幻綺行《そうしげんきこう》 洛陽城推理譚 森福《もりふく》都《みやこ》 連作推理小説集
- 革命 破防法適用第一号 大野《おおの》芳《かおる》 長編ノンフィクション・ノベル
- 鯨の哭《な》く海 内田康夫 長編推理小説
- 覇商の門 火坂雅志 長編歴史小説
- 午後のロマネスク 小池真理子 掌編小説集
- 覇剣 武蔵と柳生兵庫助 鳥羽亮 長編時代小説
- LOVERS《ラバーズ》 恋愛アンソロジー 安達千夏・江國香織・川上弘美・倉本由布 島村洋子・下川香苗・谷村志穂・唯川恵・横森理香
- WANGAN REVENGER 湾岸リベンジャー 戸梶圭太 長編ノワール
- 幽霊 私本・聊斎志異《りょうさいしい》 伴野朗 中国怪異小説
- 英雄の魂 小説 石原莞爾《いしはらかんじ》 阿部牧郎 長編歴史小説
- 不埒三昧《ふらちざんまい》 わが下半身の昭和史 安藤昇 告白的自伝
- 黒くぬれ！ PAINT IT BLACK ロバート・ハリス エッセイ
- 猟人の王国 勝目梓 長編クライム小説
- ふたたびの虹 柴田よしき 推理小説